AGATHA'S MYSTERY GOURMET

イギリスのお菓子とごちそう

アガサ・クリスティーの食卓

北野佐久子

Stories and Recipes by Sakako Kitano

二見書房

まえがき

アガサ・クリスティー（一八九〇～一九七六）は、「ミステリーの女王」の名にふさわしく、その著作は、長編が六六、中短編が一五六、戯曲一五のほかにもメアリ・ウェストマコット名義でのロマンス長編が六、自伝などその他が三編という膨大な数に上ります。たとえ原作を読んだことがなくとも、ジョーン・ヒクソン主演で一九八〇年代に作られたBBCテレビのミス・マープルシリーズ、デヴィッド・スーシェ演じるポアロシリーズ、映画やアニメなどをご覧になった方も多いことでしょう。

クリスティーはイングリッシュ・リビエラの名を持つ、デヴォン州トーキーに生まれました。時はすでにビクトリア時代の終焉に向かっていたとはいえ、富裕階級に生まれ、華やかな上流階級の暮らしが待っていたクリスティーは、「人生の中で出会うもっとも幸運なことは、幸せな子供時代を持つことである」と七十五歳のときに自伝のなかに書き残していま す。今も息づくイギリスの階級社会は、クリスティーの作品のなかにも垣間見られ、大きな影響を与えていることがわかります。

クリスティーが作家として活躍した一九二〇年から七〇年代にかけては、戦争を挟み、ビクトリア時代から続く絶頂期の大英帝国としてのイギリスと、植民地を失い帝国解体の道を辿ったイギリスが存在しています。かつては七つの海をも制覇したイギリスのその勢力は、クリスティーのミステリーにも登場するジンジャーブレッドのスパイス、バース・バンの砂糖、ティータイムの紅茶などに反映されています。戦後は、クリスティーの作品の舞台は、田園（カントリーサイド）に向かい、それは、よきイギリスのために田園を守ろうとするイギリス人の心とつながりました。田舎の生活は、マープルやポアロが田舎の邸宅で味わうスコーンや手作りジャム、ボリュームたっぷりの料理、村の喫茶店の素朴なケーキなどを活写することで魅力的に伝えられます。

そして、このまえがきを書いている今、ＥＵ離脱をめぐり、新しい波がイギリスに訪れようとしています。これからどうなると思うか、イギリス人の友人たちに尋ねると、「初めてのことだから私たちにもどうなるかわからない」と口をそろえたように、同じ返事が返ってきました。クリスティーが生きていたら、この現状をどのようにとらえるのか、思いを巡らしています。

本書は、一九九〇年から九二年にかけて『ヴァンテーヌ』という雑誌に書いていた連載を一冊にまとめ、一九九八年に『アガサ・クリスティーの食卓』として婦人画報社から刊行したものをもとにしています。今回、新たに刊行するにあたり、デヴォン地方のグリーンウェイやバー・アイランド、ダートムアなど、クリスティーの世界を再訪し、自分の足で歩き、人に出会い、取材・撮影を行い、大幅に加筆しました。

文章のなかにたびたび登場するクック夫妻、アーサーとリタは、コッツウォルズ地方の小さな村、アスコットの、十七世紀に建てられた大きな家に住んでいました。一九八四年、ハーブ留学のため初めて渡英した際、日本で一度だけ共通の知人から紹介され食事を共にしただけの二〇代の私を、まるで娘のように温かく自宅に迎え入れてくれました。二人の生活はイギリスの古き良き田園で隣人たちに恵まれて暮らす、まるでミス・マープルの生活そのものでした。二人を通してイギリスの暮らしを内側から体験するという経験がなかったら、この本を書くことはできなかったことでしょう。アーサーさんが一九九七年、リタさんは二〇一七年に亡くなりましたが、お二人との思い出は、この本のなかによみがえり、これからも私の心にずっと生き続けることでしょう。

ハーブ留学の一年間にはじまり、結婚後住んだウィンブルドンでの四年間、数え切れないほどの訪英を通して、すっかりイギリスに魅せられた私にとって、クリスティーのミステリーは、そこに描かれた食べ物や生活を通してさらにイギリスを知ることにつながりました。その喜び、楽しさをお伝えしたい、それがこの本に託した私の願いです。

北野佐久子

イギリスのお菓子とごちそう　もくじ

※卵はLサイズを使用しています。
※オーブンの焼き時間は目安です。メーカーによって異なる場合があるので、仕上がりの写真を参考に調節してください。
※火傷には十分気を付けましょう。

湖水地方
ケンダル
ヨーク
ドンカスター
リバプール
サウスウェル
ノッティンガム
バンバリー
ウェールズ地方
コッツウォルズ
スウィンドン
ロンドン
バース
アンドーヴァー
ウィディコム・イン・
ザ・ムーア
ダートムア
グリーンウェイ
トーキー
コーンウォール
地方
チャーストン
プリマス
ダートマス
バー・アイランド
ベクスヒル

At Bertram's Hotel

『バートラム・ホテルにて』
ほんもののシードケーキ

『バートラム・ホテルにて』はひとりの老婦人が午後のお茶を楽しんでいるところからはじまります。セリナ・ヘイジー夫人がその人。古きよきエドワード王朝の面影を残すこのホテル。入口のロビーでの〝最後の儀式〟と語られるひとときです。

「バターたっぷりのマフィン菓子はこのバートラム・ホテルでしか食べられない」とヘイジー夫人は舌鼓を打ち、次に礼儀正しくすすめられるのがこのシードケーキです。

ロンドンではこのバートラム・ホテルのように、今も正式な午後のお茶、いわゆるアフタヌーンティーを味わえるホテルがいくつかあります。

私もこの作品のモデルとなったといわれるホテル「ブラウンズ」で何度もアフタヌーンティーを味わったことがありますが、それは優雅なものでした。タキシードに身を包んだ紳士が、とても丁重に、しかもきびきびした態度でテーブルごとに目を行き届かせています。三段重ねのケーキスタンドのそれぞれにサンドイッチ、イチゴジャムとクリームを添えたスコーン、タルトやフルーツケーキなど数種がのっています。『バートラム・ホテルにて』のお茶のシーンは、読むたびにまさしくそのときのお茶の時間のゆったりとした気分を私の心によ

『バートラム・ホテルにて』
一九六五年

甥夫婦から気分転換の旅をすすめられたミス・マープルは、少女の頃に泊まったロンドンのバートラム・ホテルを希望する。久々に訪れたバートラム・ホテルは以前と変わらない、古きよきエドワード朝の面影を残していた。しかしマープルはどこか違和感を覚える。格調高いホテルに隠された驚愕の人間関係と陰謀をマープルが暴く。

みがえらせてくれるのです。

クリスティーはブラウンズがロンドンでの定宿で、しかもドーヴァー街に面した四階のスイートルーム五十四号室がお気に入りだったとのこと。

「ブラウンズ」から少し西の通り、ハーフムーン街にあるフレミングス・ホテルとブラウンズを合成してクリスティーはバートラム・ホテルを描いたという説も存在します。ミステリーの筋書きからいってどこかのホテルを舞台としたとなると、差障りがあると思い、特定するのを控えたのかもしれません。

今まで私が味わったブラウンズのケーキの皿には、チョコレートケーキ、ラズベリー・ムースのケーキはありましたが、シードケーキがなかったのは残念。でも、イギリス人の好みがこのヘイジー夫人の言葉に見られてとてもおもしろいと思いました。今まで食べたこともないようなケーキは、イギリスの人たちにとっては魅力がないし、誰も食べたいとは思わないことでしょう。でも昔から受け継がれ、親しまれてきたケーキのなかで、上質の材料を使い、ていねいに、美味しく焼き上げたものには目がないのです。伝統を重んじる国民気質はファッションばかりでなく、味覚にも通じていることがこんなところにもうかがえます。おばあさん、お母さんが家庭で焼いていたケーキを、今も若い娘さんたちが受け継いでいるのです。だからこそ、最近のお菓子の本にもその作り方がきちんと載っているわけです。

このシードケーキもそうしたケーキのひとつ。シードとは何か長いことわからずにいた私ですが、イギリスで暮らしてそれがハーブのひとつ、キャラウェイの種子、キャラウェイ・シードであることを知りました。ザワークラウトや黒パンなどにも入っていて、すでにスパ

「何かもっとお持ちいたしましょうか、奥様？　何かケーキでも？」

「ケーキね？」とセリナ夫人は考えて、どうしようか迷っている。

「てまえどもではたいへんけっこうなシード・ケーキを召しあがっていただいておりますが、これならおすすめできます、はい」

「シード・ケーキね？　もう何年もシード・ケーキなんて食べたことないけど。ほんもののシード・ケーキでしょうね？」

「それはもう、はい。てまえどもの料理人が長年にわたりましてそのレシピをつかっておるのでございますから。必ずやお気に召すと信じます」

訳・乾信一郎『バートラム・ホテルにて』（ハヤカワ文庫）より

イスとして味わっていたものでした。そもそもこのシードケーキは、春の小麦の種撒きが無事に終わり、みんなで祝いの宴をあげるそのテーブルで食べるのが習わしだったとのこと。キャラウェイをケーキやビスケットに焼き込んで使うレシピは一五〇〇年代から料理書に登場し、私が持っているものでは、ジャーヴェス・マーカムの『The English Huswife』（一六一五年）に掲載されています。そして、ビートン夫人の家政書『Mrs Beeton's Book of Household Management』（一八六一）にはseed biscuitsとともに「common seed cake」「A very good seed cake」の二種が載っています。シードケーキは一七〇〇年代に最も盛んに楽しまれるようになり、ビクトリア時代を通して親しまれたようですが、バートラム・ホテルの書かれた時代にはもうそのピークは去り、ティールームなどで出されることも珍しくなっていたのでしょう。そのことをヘイジー夫人の言葉が物語っているのです。

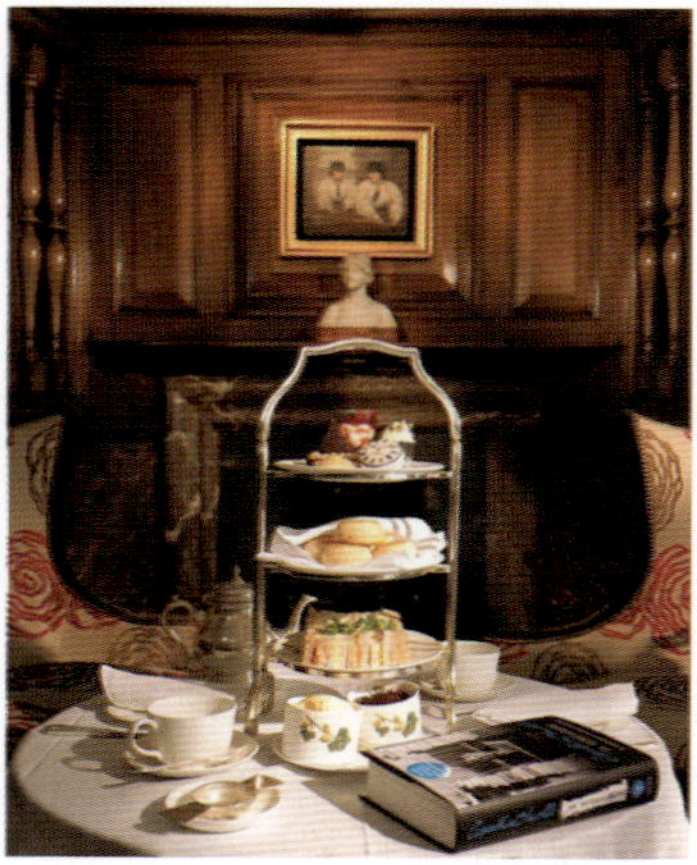

クリスティーの自伝発売を記念したブラウンズのアフタヌーンティー（提供：ブラウンズ）

1990年代にブラウンズを訪れたときのアフタヌーンティー

シードケーキ

キャラウエイ・シード入りのほんもののシードケーキ。
レシピは12ページへ

Recipe

シードケーキ

Seed Cake

材料 （直径15cm丸形1個分）

無塩バター……160g
グラニュー糖……160g
卵……2個
薄力粉……160g
ベーキング・パウダー……小さじ1強
塩……ひとつまみ
アーモンド粉……大さじ1
オレンジピール（刻んだもの）……40g
ラム酒……大さじ1
キャラウェイ・シード……小さじ1
仕上げ用キャラウェイ・シード……小さじ1

作り方

1. 型にベーキングシートを敷く。オーブンはあらかじめ170℃に温めておく。

2. ボウルに室温に戻したバターを入れ、グラニュー糖を加えてハンドミキサー、または泡立て器ですり混ぜる。

3. よく溶いた卵を少しずつ加えてさらによくすり混ぜる。

4. アーモンド粉をふるいながら加える。さらに薄力粉、ベーキング・パウダー、塩を合わせてふるったものを加えて、ゴムベラで切るように混ぜ、途中で、オレンジピール、キャラウェイ・シード、ラム酒を加えて、全体を混ぜる。

5. 用意した型に入れ、表面を平らにし、その上に仕上げ用のキャラウェイ・シードをふりかけ、あらかじめ170℃に温めたオーブンで40分ほど、竹串を刺して何も生地がついてこなくなるまで焼く。

6. 焼けたらオーブンから出し、粗熱が取れてから型から取り出し、冷ます。

口の悪い人は、イギリスには美味しいものは朝食ぐらいしかないなどといい、サマセット・モームは『月と六ペンス』で「イギリスで旨い食事をしようと思うなら、朝食を三度とればよい」と書いています。私もイギリスの朝食は種類が豊富で美味しいと思います。

今でこそ、イギリス人といえども普段の朝食はフルーツにシリアル、それにトースト、オレンジジュースにミルクティー程度でしょうか。クックド・ブレックファストと呼ばれる調理した朝食を食べる人は少なくなってきているようです。

けれどもそんな今の人たちでも、ホリデーなどでホテルやB＆Bに泊まったときは別腹といわんばかりにたっぷりの英国風朝食を楽しむ姿が見られます。

典型的な英国風の朝食、つまり「イングリッシュ・ブレックファスト」と呼ばれるものは、目玉焼き、それにソーセージ、ベーコン、マッシュルーム、トマトを焼いたものが付け合わせて添えられた盛りだくさんなひと皿。スコットランドやイギリス北部ではこれにブラックプディングが付くこともあります。ブラックプディングとは、豚の血が入ったソーセージにオートミールなどが入ったもの。名前の通り真っ黒な色をしていますが、薄切りにしてこんがり焼くのです。

バートラム・ホテルのようなホテルでは、卵は好みの料理法で出してくれるのもうれしいところ。スクランブルエッグ、ポーチドエッグ、ボイルドエッグ、オムレツなど、毎日違った卵料理が楽しめるというわけです。

バートラム・ホテルのウェイターさんもいっているように、イギリスの朝食のメニューはこれだけではありません。日本でも朝食に魚の干物や塩鮭を食べますが、魚の保存に燻製が

「（略）また、英国風の朝食がよいとおっしゃる方にはそのように」
「卵とベーコンというわけかね？」
「おっしゃるとおりでございます……が、ご注文以上にいろいろとございます。燻製のニシン、キドニーにベーコン、グラウスの冷肉、ヨーク・ハム、オクスフォードのママレードなど」
訳・乾信一郎『バートラム・ホテルにて』（ハヤカワ文庫）より

発達しているイギリスではスモークサーモンばかりでなく、タラの燻製、フィナン・ハディやニシンの燻製、キッパーズがあります。フィナン・ハディの名はスコットランドの小さな漁村、フィンドンに由来しているとのこと。この村で独特の燻製法で頭を取って開いたタラを加工したのがはじまりで、今ではその方法がイギリス全国に広がっています。牛乳と温めて、バターをのせていただくのが定番です。この料理は『スリーピング・マーダー』で家政婦のコッカーさんがグエンダに「奥さまはタラの燻製が召し上がりたいとおっしゃいましたが、ベッドではおいやでしょう。においが残りますしね。夕食の時におつくりします。トーストにのせてクリームをかけたのを」という会話のなかに登場するタラの燻製そのものです。

　淡白な味わいのフィナン・ハディに比べ、ニシン独特のこってりと脂ののった美味しさがあるのがキッパーズ。一八四〇年代にイギリス北部の漁港ニューキャッスルでこの製法ははじまりました。熱湯に十分ほど浸してから熱いところにバターをのせて食べる味わいは、お醤油でもたらせば、和食にも通じる美味しさです。

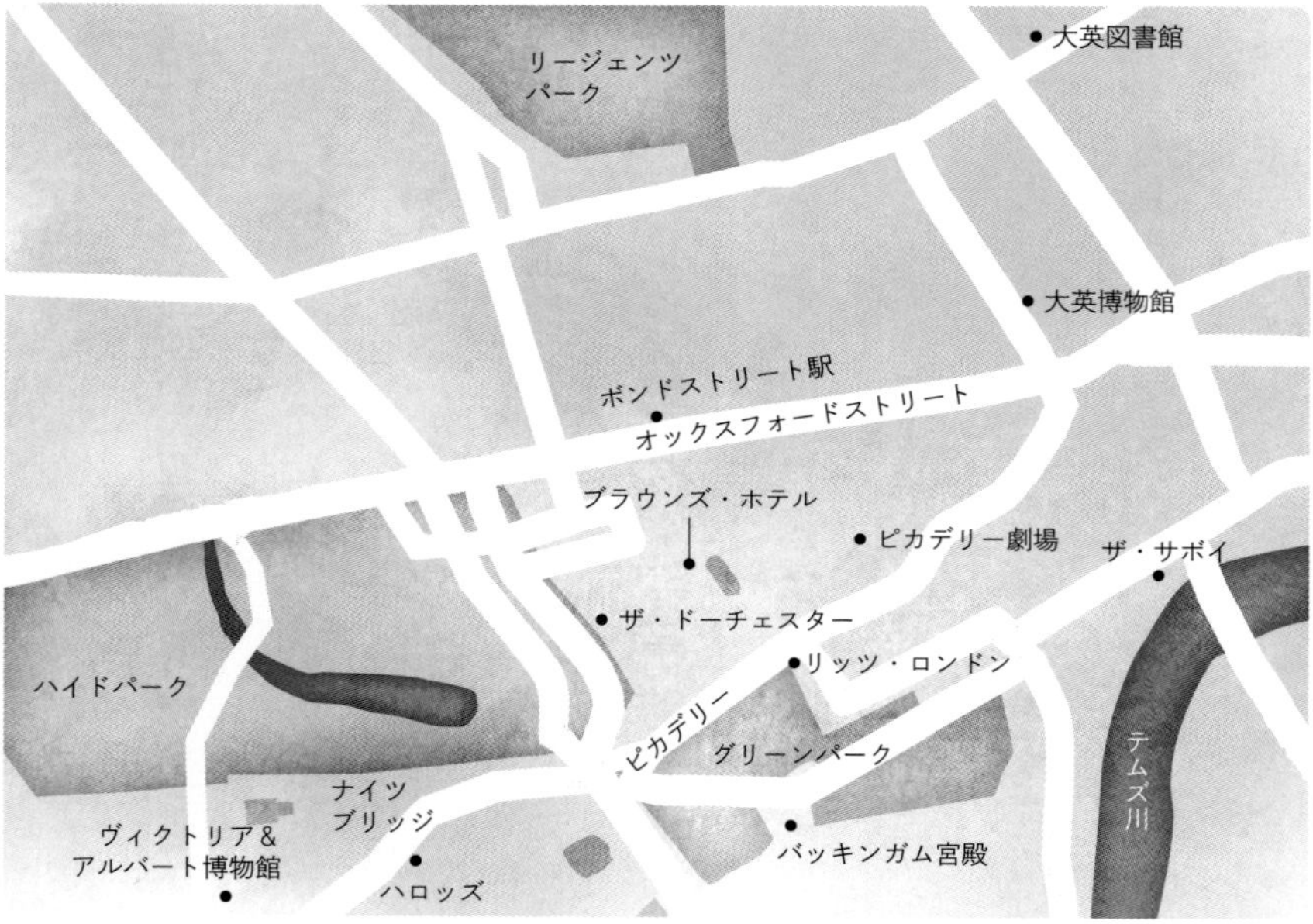

ミス・マープルが歩くロンドン

2009年にブラウンズを訪れたときのアフタヌーンティー

イギリスならではの夏の飲料。ピムスナンバーワン。キュウリがのっているのが特徴。バートラム・ホテルのイギリス人バーテンダーが提供する

命を狙われる娘、エルヴァイラに、砂糖漬けのスミレがあしらわれ、中にヴァイオレット・クリームが入ったチョコレートが届けられる。イギリスで一番有名なヴァイオレット・クリームとスミレの砂糖漬けのチョコレートは、シャルボネル・エ・ウォーカーのもの。エリザベス女王の好物ともいわれている

左上にある黒いものがブラックプディング

ニシンの燻製（キッパーズ）の朝食

The Mystery of the Blue Train

『青列車の秘密』

紳士をもてなす チーズとプディング

イギリスのスティルトン、フランスのロックフォール、イタリアのゴルゴンゾーラといえば、世界の三大ブルーチーズ。青かびタイプのこのブルーチーズは、全世界で六十種類もあるといわれていますが、この三種が独特の風味と旨みを持つ最たるものとして賛えられているのです。ロックフォールは、フランス南部の山岳地帯にある村の名で、羊の乳から作られたチーズ。羊特有のバターのようなまろやかなコクと、ほろほろと砕けるもろさが特徴です。

牛乳からできるのがイギリスのスティルトンとイタリアのゴルゴンゾーラ。ゴルゴンゾーラはやわらかくて、クリーミィな味わい。ポー川流域が産地で、イタリアのチーズの王者といわれています。一方、スティルトンはピリッと刺激的なブルーチーズ独特の風味のなかに、まろやかなこっくりとした味わいがあって、ロックフォールやゴルゴンゾーラと比べれば口あたりがおだやかなブルーチーズです。

日本では、チーズといえばフランスのものが圧倒的な人気なので、イギリスのチーズはその陰に隠れてあまり知られていないのが残念です。けれども実際にイギリスに暮らしてみる

『青列車の秘密』
一九二八年

走行中の豪華列車〝ブルー・トレイン〟内でアメリカの富豪の娘ルースが殺されルビーが盗まれる。警察が逮捕したのはルースの別居中の夫、デリクだった。無実を主張するデリクだが、彼は妻の客室に入るところを目撃されている。偶然同じ列車に乗り合わせたことから、事件の調査を依頼されたポアロが示した犯人とは。

と、さすがは牧畜国。ハードタイプのチーズの種類がたくさんあり、食生活のなかで大きな位置を占めています。

キャサリンに想いを寄せるナイトン少佐を昼食に招くことになり、彼女が世話をしている老婦人、ミス・ヴァイナーが紳士向きのメニューをたてるのがこの場面。トマト添えのステーキがメイン料理で、デザートはキャッスル・プディング。チーズはフランスと同じようにデザートの後に食べるのが習慣になっています。そのチーズとしてミス・ヴァイナーは、アボッツという、おそらく村の食料品店で、スティルトンを買っておくようにとすすめるのです。食後のチーズとしてはほかにもチェダー、チェシャーなどが選ばれますが、クセのあるブルーチーズはとりわけ男性好みというわけです。

実際に食べるときは、スティルトンをマクビティ・ビスケットのような甘いビスケットにのせると本当に美味。これに甘い風味のポルト酒を添えて楽しむのが通です。そのままでは舌を刺すような強い風味のあるスティルトンが、甘みと合わさるとなんともまろやかな、洗練ともいうべき優雅な味わいになるのは不思議なほどです。

クック家でも、ご主人のアーサーはスティルトンが大好物でした。いつも大きなかたまりが買ってあって、昼食にもパンにたっぷりとのせてほおばるのがいつものことでした。夕食にゲストがあれば、このスティルトンにほのかに甘い全粒粉のビスケット、ブドウ、洋梨などの果物も添えてポルト酒とともにゆっくりとソファーで楽しむのです。キャサリンも億万長者の秘書であるナイトン少佐がゲストなのですから、こうしてきちんともてなしたことでしょう。私にとってはクック家の光景と重なって懐かしさを感じるチーズです。

「エレンの焼きトマト添えのステーキはまあまあだわね」ミス・ヴァイナーは言った。「上手くないけど、他のものよりはましですよ。彼女はパイ皮を作るのが下手だから、タルトはやめたほうがいいでしょう。でもあの子のキャッスル・プディングは悪くないわよ。それからアボッツでスティルトン・チーズのいいのを買ってきたらどうかしら。紳士方はスティルトン・チーズが好きだって、しょっちゅう耳にするから。父のワインが沢山残っているわ。発泡性のモーゼル・ワインなんかどう」

訳・青木久恵『青列車の秘密』（ハヤカワ文庫）より

デヴォンにあるチーズの店。ていねいに熟成された多様なチーズが、知識豊富な店員さんによって売られている

100年以上歴史のあるコルストン・バセット社のスティルトン・チーズ。エリザベス女王もここのチーズの隠れたファンといわれている

ロンドンのバラマーケットにあるBlack Woods Cheese Companyの店。瓶詰のものはやわらかい牛のチーズを香草入りオイルに漬けた人気商品「Graceburn」。大きなチェダーチーズも売っている

ロンドンのバラマーケットにあるチーズの屋台「Heritage Cheese」。Cropwell Bishop社のスティルトンチーズなどを扱っている

アガサ・クリスティーのグリーンウェイの屋敷にあったスティルトンチーズの器

ポアロが助言を求めた演劇界の権威、ジョセフ・アーロンズが豪快にビールを飲みながら食べるポーターハウス・ステーキとは、Tボーンステーキよりもヒレ肉の部分が多いもの

キャッスル・プディング

ストロベリージャムをのせたキャッスル・プディング。
レシピは20ページへ

Recipe

キャッスルプディング

Cathle Pudding

材料　（ダリオール型、または小さめのプリン型6個分程度）

無塩バター……100g
ブラウンシュガー……100g
卵……2個
薄力粉……100g
ベーキング・パウダー……小さじ1/2
塩……ひとつまみ
蜂蜜……小さじ6
ストロベリージャム……大さじ3程度
キルシュ酒……好みで適宜

作り方

1. 型にバター（分量外）を塗り、底の円形に合わせてベーキングシートを敷く。その上に蜂蜜を小さじ1程度流し入れる。

2. ボウルに室温に戻したバターを入れ、グラニュー糖を加えてハンドミキサー、または泡立て器ですり混ぜる。

3. よく溶いた卵を少しずつ加えてさらによくすり混ぜる。

4. 薄力粉、ベーキング・パウダー、塩を合わせてふるったものを加えて、ゴムベラで切るように混ぜる。用意した型に2/3ほどの深さまで生地を入れ、表面を平らにする。

5. 熱湯をバットにその半分の高さまで注ぎ、そのなかにあらかじめ生地を入れた型を並べ、上をアルミホイルで覆う。

6. あらかじめ170℃に温めたオーブンで40分ほど、竹串を刺して何も生地がついてこなくなるまで焼く。

7. 焼けたらオーブンから出し、粗熱が取れてからプディングを型から取り出す。小鍋に入れて温めたストロベリージャムに好みでキルシュ酒で香りをつけたソースを上からかけていただく。

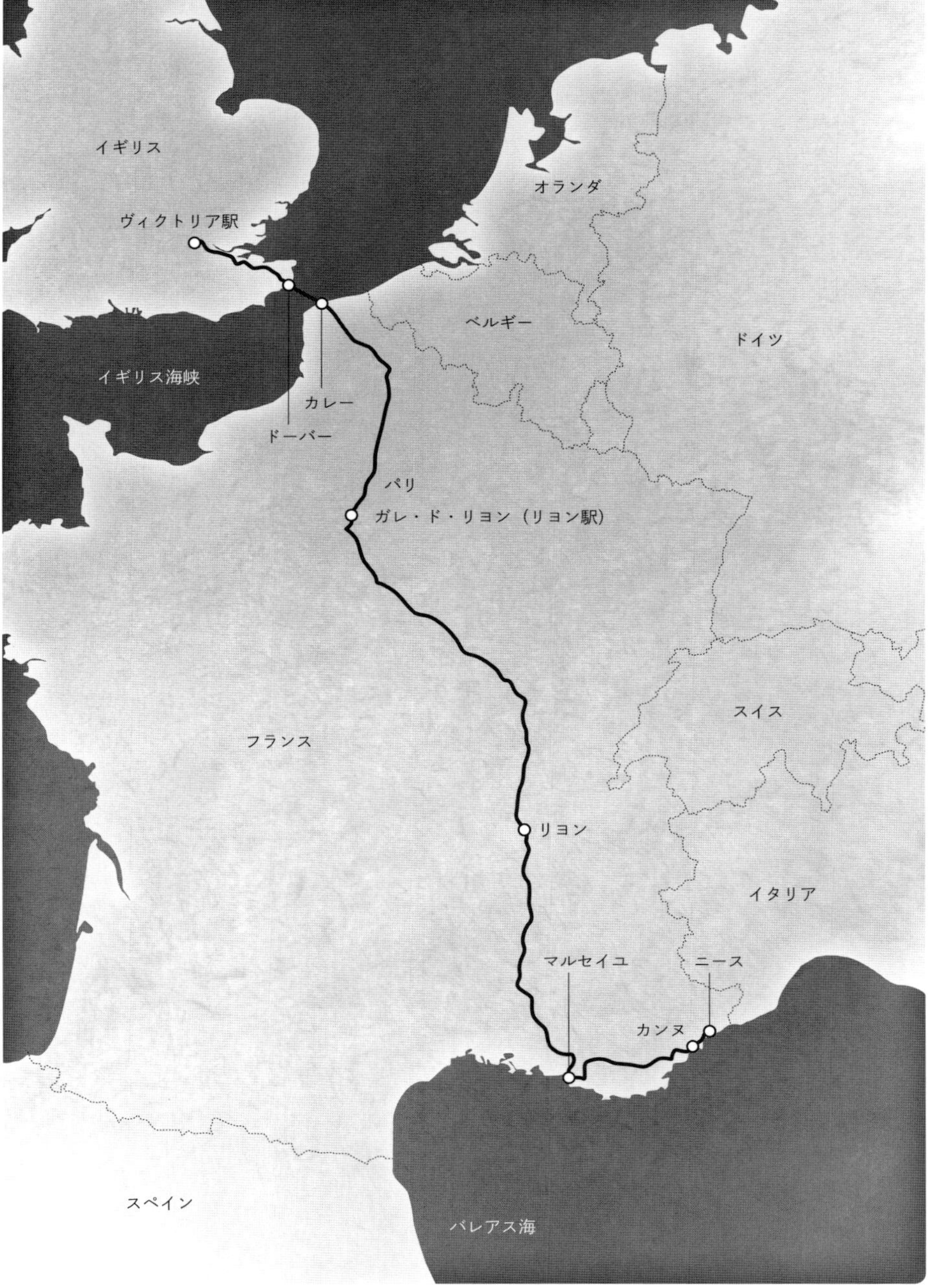

1928年頃の青列車の路線図

Black Coffee

『ブラック・コーヒー』

ディナーの後のコーヒーの時間

イギリスといえば紅茶の国といわれるほど、その生活に紅茶は欠かせません。けれども食後だけは紅茶ではなく濃いコーヒーをデミタスカップで楽しむことがよくあります。特に夕食にゲストを招いた夜など、食後はダイニングからリビングルームに移り、チョコレートなどをつまみながらゆったりとくつろいでコーヒーを味わいます。まさしくこのミステリーで殺人事件が起きた場面そのままの雰囲気なのです。

私が過ごしたクック夫妻の家でもそうでした。

普段は眠れなくなるからといってコーヒーは飲まないふたりですが、お客様のあった夜だけは別。日本では紅茶専用になっているガラスのポット、カフェティエにコーヒーの粉を入れて、湯を注ぎ、濃いコーヒーを作ってもてなします。イギリスではこのポットで紅茶をいれることはありません。コーヒーと一緒にポルト酒やブランデーなどを小さなグラスに注ぎ、食後酒も味わったりします。クック家を訪ねるときはいつも、ハロッズで買う生チョコレートの箱詰めを持っていったものでしたが、こんなチョコレートこそ食事を終えて楽しむコーヒータイムにふさわしい優雅さが漂うものなのです。食後のこうしたひととき、本当に心が

『ブラック・コーヒー』
一九三〇年

高名な物理学者エイモリー卿の屋敷の金庫から重要な化学式を記した極秘書類が盗まれた。エイモリー卿は屋敷内の家族を集め、部屋の明かりを落として書類の返却を迫ったが、暗闇のなかで殺されてしまう。極秘書類の運搬を依頼されていたポアロが屋敷に到着し、真相の究明がはじまるが……。クリスティーが初めて手掛けたオリジナル戯曲。

なごみ、豊かさというものがお金では買えないものであることをつくづく感じたものでした。

春山行夫著『紅茶の文化史』（平凡社）によると、ヨーロッパで最初のコーヒー・ハウスは、イギリスのオックスフォードで、レバノン生まれのジェイコブが一六五〇年に開業した店でした。これに対し、紅茶が中国からイギリスに伝わったのは一六五〇年頃といいますからコーヒーの普及のほうが早かったわけです。紅茶が普及したのもコーヒー・ハウスからであったといいます。けれどもこのコーヒー・ハウスは女人禁制であったため、女性は茶に接する機会に恵まれなかったわけですが、ジョージ一世の治世（一七一四〜二七年）から家庭でも茶が飲まれるようになり、一般的な飲み物となったのです。それでも高価なことには変わりはなく、家庭では使用人に扱わせず、鍵のかかる茶入れ、ティー・キャディーに保存して主人が管理していました。今となっては信じられないようなお話です。

さて、アイルランド出身であるクック家のお好みのコーヒーの飲み方をご紹介しましょう。その名も「アイリッシュ・コーヒー」。ウイスキーと生クリームの入った、寒い冬の夜長に楽しむにはぴったりの飲み物です。

作り方はとても簡単。カップではなく、耐熱製のグラスを使うのが特徴。まず濃く入れたコーヒーをグラスの四分の三まで注ぎます。好みで砂糖を入れ、アイルランドのウイスキーを大さじ一杯程度加え、最後にやわらかくホイップした生クリームをグラスいっぱいまで注ぎます。

殺されたエイモリー卿はブラック・コーヒーが好みでしたが、時にはこんなコーヒーも楽しんでいたかもしれません。

「飲みかけていたと思います。でもカップを手にこの部屋にもどってきましてね。苦いとこぼしていたのを覚えていますわ。でもポアロさん、とても良質のコーヒーでしたのよ。ロンドンの陸海軍購買組合ストアに特別のブレンドを注文したんですから。ヴィクトリア・ストリートの、あのすばらしいストアはご存じですわね？　駅からも遠くありませんし、買い物にはとても便利ですのよ。わたし、いつも――」

訳・中村妙子『ブラック・コーヒー』（ハヤカワ文庫）より

The Murder of Roger Ackroyd

『アクロイド殺し』

ベジタリアンのためのカツレツ

「ナッツ・カツレツ」って、どんな食べ物なのかしら――。それは村の医師ジェイムズがポアロを昼食時に招いてしまい、準備のない姉がとっさに自分は菜食主義なのだと語る場面に出てくる料理です。菜食主義ではないけれど、ベジタリアンの料理には興味を持っている私にとって、これは新しいメニューの発見でした。ナッツというからには、肉の代わりとしてクルミやピーナッツなどの木の実が使われているのではないか、ということくらいは予想がつきますが、どういう作り方なのか知りたいところです。

そこで、「クランクス」の料理本で探してみました。「クランクス」は一九六五年にロンドンのカーナビー・ストリートに初めての店ができて以来、かつてはロンドンにいくつも店がありましたが、デヴォンのダーティントンに評判のいいベジタリアン・レストランとして残っていた最後の店舗が二〇一六年に閉店。現在はサラダやサンドイッチ、パスタのソース、パックフードなどが、スーパーマーケットなどで気軽に買えるようになりました。しかし、ロンドンに初めて店を出したときには、オーナーのカンター夫妻とその友人のたった三人でスタートしたといいますから驚いてしまいます。その本で探してみる限りでは〝クランクス・

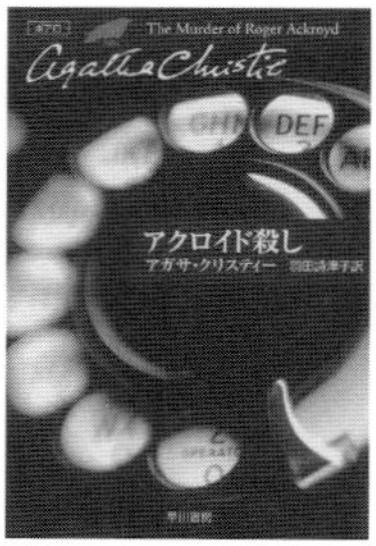

『アクロイド殺し』
一九二六年

深夜の電話を受けたシェパード医師がファンリー荘に駆けつけると、キングズ・アボット村の名士、アクロイド氏が刺殺されていた。氏の甥のラルフが犯人と疑われるが行方がわからず、動機も手掛かりもつかめないまま捜査が暗礁に乗り上げる。そんななか村に引越してきた謎の外国人が名探偵ポアロと判明。引退を撤回したポアロが事件解決に立ち上がるのだが……。そのトリックがフェアかアンフェアか論争を呼んだ問題作。

ナッツ・ロースト〃が「ナッツ・カツレツ」に一番近いもののようです。

材料のピーナッツ、クルミ、カシューナッツなどの木の実に、バターで炒めた玉ネギのみじん切り、全粒粉パンのパン粉、ハーブ、スープストックを混ぜ合わせて耐熱皿に入れ、天火で焼いて作ります。応用としてこの種を小さくまとめて、パン粉をつけ、フライパンでこんがりと焼くというひと品が紹介されていますが、これこそ「ナッツ・カツレツ」と呼ぶにぴったりのものといえるのではないでしょうか。

同じベジタリアン・レストランである「ニールズ・ヤード」の料理の本では〝ビーンズ・バーガー〃の作り方を見つけました。これは木の実の代わりにやわらかく煮た豆、パン粉の代わりに玄米を使い、ハーブやスパイスを合わせてフード・プロセッサーにかけます。これを小さくまとめて、小麦粉とゴマをまぶして、油でこんがり焼いてできあがりです。ハンバーガーのようにトマト、キュウリなどの野菜とマヨネーズ、マスタードを一緒にパンにはさむという食べ方が紹介されています。このように、ベジタリアンの料理では肉に代わるタンパク源として豆類、ナッツ類、乳製品が大活躍するのです。そのため専門店に行くと、いろいろな種類の豆、ナッツが袋に入って売られていておもしろいものです。

肉食によるコレステロールが原因の心臓病の増加などの理由から、宗教上の制約に加えて近年ベジタリアンは増えてきているようです。今ならば、たとえ同じ状況でキャロラインがナッツ・カツレツの美味しさを讃えたとしても、チョップ料理が人数分に足りなかったいい訳とは誰も信じないはずです。ベジタリアンという言葉はすっかりなじみ、今やオーガニックやビーガン（小麦粉を使わない）という言葉がたびたび目に触れる時代になりました。

――台所係のキャロラインは、臓物やタマネギでてんてこまいをしていた。ところが、三人の前に出てきた二人前のチョップ料理は、まことにかっこうのつかない代物だった。

だが、キャロラインは、いつまでもまごまごしているような女ではない。彼女はポアロに真っ赤な嘘をついた。ジェイムズは笑うけれど、自分は厳格に菜食主義を守っているのだと説明したのだ。そして、ナッツ・カツレツがどんなにおいしいものか、恍惚としてまくしたて（そんなものを食べたことなんかないのを私はちゃんと知っている）、ウェルシュ・ラビットを舌鼓を打ちながらたいらげ、その合間に〝肉〟食のもたらす危険について、ひんぱんに痛烈な批判を下した。

訳・田村隆一『アクロイド殺し』（ハヤカワ文庫）より

サウスウェルのマーケットで売られていたカボチャ。ポアロはカボチャ作りに興味を持っている謎の男として登場する

オーガニック食材を扱うデイルズフォードの店頭のカボチャ。イギリスのカボチャは色も形も様々

マルメロ。『アクロイド殺し』で「カリン」と訳されているのはquince（マルメロ）である

マルメロとレモンのジャム。カリンのジャムを届けるついでにポアロの捜査の様子を探ろうとするキャロラインは、ミス・マープルの原型になった女性であるとクリスティーが自伝に書いている

十分後、キャロラインがドアをノックして入ってきた。ジャムの壺らしいものを持っている。
「ねえ、ジェイムズ、このカリンのジャムをポアロさんのところへ持って行ってくれない？　わたし、お約束したのよ。自家製のカリンのジャムを食べたことがないっておっしゃるものだから」

訳・羽田詩津子『アクロイド殺し』（ハヤカワ文庫）より

クランクスの料理書

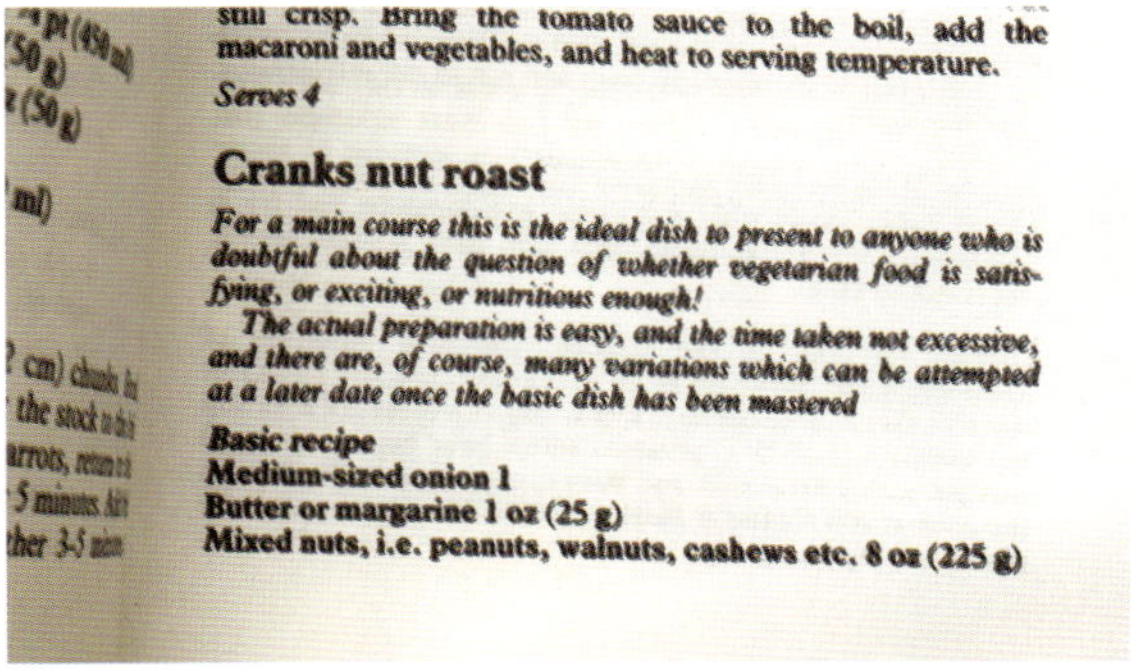

クランクスのナッツローストは、タマネギ、ピーナッツやカシューナッツ、全粒粉のパンなどで作る

ニールズヤードのビーンズバーガーは豆や米を使って作る

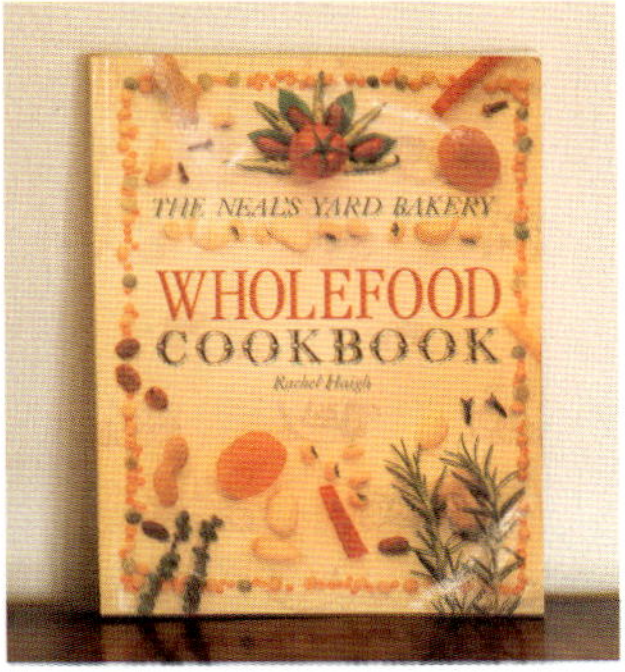

ニールズヤードの料理書

ニンジン、小麦、ピーナッツ、タマネギ、パースニップ、アーモンド、ヘーゼルナッツなどで作られたナッツ・カツレツ

And Then There Were None

『そして誰もいなくなった』

イギリス人と牛タンの缶詰

「缶詰はいろいろございます。陸と交通が途絶えたときの用意なのでございます」

デヴォン州の孤島、インディアン島に招かれてやってきた八人の客と召使い夫婦。

しかし、陸からの食料を積んでくるはずの船も来ず、十人だけが島で孤立してしまうことになるとは、だれも想像さえしなかったことでしょう。それだけに恐怖がひしひしと感じられます。そこでまずは食料を心配する客たちを安心させるために、召使いの夫ロジャースがいうのが、缶詰はたくさんあるというこのひと言。

そして、「お気に召しますかどうか、コールド・ハムとコールド・タン、それにじゃがいもをゆでて、チーズとビスケットと缶詰の果物を出しておきました」と、缶詰をメインとした食事を用意するのでした。それにしてもこのコールド・ハムとコールド・タン（英文では、cold tongue）はこれでもか、というほどこの作品の食卓にのぼっています。

「私、タンを見ただけで、気持ちが悪くなるわ！　何も食べたくないのよ。二、三日なにも食べなくても、平気ですわ」

女性客のひとり、ヴェラにもこういわせるほどですから。彼女の言葉に、食料を缶詰だけ

『そして誰もいなくなった』一九三九年

それぞれ年齢も経歴も職業も様々な見知らぬ男女が、U・N・オーエンと名乗る人物から招待状を受け、インディアン島の豪奢なホテルに集まった。贅沢な料理が並ぶ食卓に、招待主は姿を見せず、突然、十人の殺人の罪を告発する声が鳴り響く。そして古い童謡の歌詞の通りに一人また一人と殺され……。

で賄わねばならないことの緊張感、この島での生活が限界に近づきつつある残酷さ、過酷さが伝わってきます。

イギリスでは牛のタン（舌）は、缶詰のものがよく使われ、サラダとともに、あるいはサンドイッチにはさんで食べられることが多いようです。一般にタンは塩をして、じっくりと弱火で長時間やわらかくなるまで調理する必要があるので、簡単に食べられる缶詰が利用されるのかもしれません。

スーパーに行ってみると、今でも牛タンの缶詰はごく普通に売られていました。ひとつ買って味わってみることにしました。缶を開けると、まずは色も形もコンビーフに似たものが現われます。味わってみると牛タンの繊維がほろほろとした食感で、トロッと濃厚な味わい。美味しいのは確かですが、さすがに毎日だったらきつくなってしまうだろうと想像できます。

缶詰はあまりにも身近なものになっていて、その起源など考えもしませんでしたが、実は、世界初の缶詰を作ったのがイギリス人、ピーター・デュランという人でした。一八一〇年のことです。そしてそのヒントとなったのが、自宅で使っていた茶筒だというのですから驚きます。この茶筒は日本からヨーロッパに伝えられたものでした。

なぜ日本の茶筒がヨーロッパにもたらされたのか、と意外に思われることでしょう。

それは日本と貿易関係にあったオランダ人が日本人の茶の文化に接し、オランダ本国に伝えたからとのことです。イギリスのコーンウォール地方で採れていた錫《すず》が缶詰の実用化で再び脚光を浴び、それが枯渇するまで採掘してしまうと、今度は世界に錫を求め、マレー半島での錫鉱山の開発に手を広げ、イギリスは植民地支配を確立していったのでした。

ロジャースは食堂のドアのわきに立っていた。三人の男が階段を降りて行くと、彼は、一、二歩前に進み、低い、落ちつきのない声でいった。「お気に召しますかどうか、コールド・ハムとコールド牛舌、それに馬鈴薯をゆでて、チーズとビスケットと缶詰の果物を出しておきました」

ロンバートはいった。「結構だよ。食糧は、充分貯蔵してあるんだね」

「缶詰がいろいろございます。陸と交通が途絶えたときの用意なのでございます」

訳・清水俊二『そして誰もいなくなった』（ハヤカワ文庫）より

インディアン島のホテルのモデルとなったバー・アイランド（Burgh Island）ホテル

干潮になると現われる道がトリックにも使われた

彼は少年時代にインディアン島を知っていた。岩だらけの島で、鷗がいっぱい集まっていた。海岸から1マイルほどの距離だった。その由来は人間の頭に似ているところからきていた――アメリカ・インディアンの横顔に似ているのだった。

『そして誰もいなくなった』より

干潮のときは本土から砂の道でつながり、満潮になると道が海のなかに沈むバー・アイランド。クリスティーも滞在したというアールデコ様式のバー・アイランドホテルは、1929年に当時の億万長者アーチボルド・ネトルフォルド氏が建てたもの。クリスティーはネトルフォルド氏がロンドンに劇場を持ち、そこで彼女の劇が上演されたこともあって面識があったことから、何度かこのホテルを訪れたようだ。島全体でも28エーカーしかないこの孤島をクリスティーは、『そして誰もいなくなった』のほかにも『白昼の悪魔』でも登場させている

私にとって、イギリスの缶詰といえば、真っ先に思い浮かぶのがベークド・ビーンズの缶詰。ひと言でいえば、甘いトマトソースで煮た白インゲン豆です。

クリスティーの『第三の女』で、若いカップルのノーマとデイビッドがレストランで注文するのが「いため豆のトースト二つ」。いため豆はまさしくこのベークド・ビーンズのことで、トーストしたパンにベークド・ビーンズを上からとろっとのせたひと皿のことです。

この様子を見て、ポアロの友人で推理作家のオリヴァ夫人はポアロに電話で伝えます。

「いため豆……あたしはごめんだわ、いため豆なんて、何でよそのひとはあんなものを食べるのか気がしれ……」

私も実はこのベークド・ビーンズが苦手。オリヴァ夫人の言葉に強くうなずいてしまうひとりです。たぶん味わいというより、その見た目で苦手だと感じてしまっているのかもしれません。実際は日本人でも好んで食べる人も多いようですから。

イングリッシュ・ブレックファストと呼ばれる朝食にもこのベークド・ビーンズは、目玉焼きやソーセージ、トマトやマッシュルームとともにそのひと皿のなかに盛り付けるのが定番。ただし、高級なホテルの朝食では、このベークド・ビーンズが出てこないところを考えると、庶民派の食べ物というイメージは拭えないようです。ファミリーレストランやサービスエリアでのレストランでの朝食にも、たっぷりとベークド・ビーンズが添えられたイング

リッシュ・ブレックファストのひと皿の写真が入口に大きく飾られているのをよく見かけます。そういえば機内食の朝食にもベークド・ビーンズがオムレツと一緒に入っていたことがありました。

ベークド・ビーンズは、『第三の女』のカップルが食べていたようにトーストやベークド・ポテトにのせて軽食になったり、メインとなる料理の付け合わせにもなります。たとえば焼いたソーセージとビーンズ、フィッシュ&チップスとビーンズといった具合に……。

どうも安い、早い、体にいい、旨いと四拍子揃っているのが魅力で、確かにタンパク質と繊維質に富み、トーストにビーンズをかけたものはアミノ酸のバランスが良いとのこと。ベジタリアンにとってもうれしいひと皿になるようです。

『The Oxford Companion to Food』によると、ベークド・ビーンズは、アメリカ、ボストンで白インゲン豆の一種、ネイビー・ビーンズ（海軍の兵士たちの栄養源であったことからこの名がついた）をスパイスやモラセスといっしょにオーブンで焼いたものがはじまりです。まさしくベークド・ビーンズの名はここに由来し、ボストンの周辺に住む新教徒の人々が、安息日の食べものとしたことから広まっていったようです。「ボストン・ベークド・ビーンズ」が初めて印刷物に現われるのは、一八五〇年にさかのぼります。

その後、ベークド・ビーンズは、白インゲン豆の一種、ネイビー・ビーンズをトマトソース、砂糖、スパイス、コーンスターチなどで煮込んだものとなっていきます。

イギリス市場の約半分のシェアを誇り、ベークド・ビーンズの代名詞ともなっているハインツ社は、一八九六年にロンドンにオフィスを構え、そのビーンズの缶詰をイギリスで最初

バー・アイランドホテルは厳格に宿泊客とレストランの予約客しか入れない

に売り出したのは、フォートナム&メイソンとのこと。今では最も安い食品のひとつとしてあげられるこの缶詰が、紅茶をはじめとする高級食料品店として名高いフォートナム&メイソンで売られていたとは、当時はかなりの贅沢品だったことがうかがえます。

二〇〇八年からは、商品名であるハインツ・ベークド・ビーンズからベークドの言葉を除き、ハインツ・ビーンズ(HEINZ BEANZ)としています。その理由は、豆の料理法が、実際はベークドではなくて、シチュード「煮る」(stewed)であること、「発音をするのに口にいっぱいいっていう感じだから」とのこと。

クリスティー作品では『春にして君を離れ』に描かれる食事にもベークド・ビーンズが登場します。

それなのに彼女は砂漠のど真ん中のこんな白漆喰の牢獄で、薄のろのインド人、頭の弱いアラブ少年、明けても暮れても缶詰の鮭にベークドビーンズ、固茹での卵という食事を平然と食卓に並べるコックと、そんな連中を相手にむなしく日を送っているのだ。

訳・中村妙子『春にして君を離れ』(ハヤカワ文庫)より

「昼食はオムレツ卵のカレー炒り(火にかけすぎたのか、ふうわりといい具合にできているとも義理にもいいかねた)、卵のカレー炒り、缶詰の鮭、ベークドビーンズ、それに缶詰の桃」

夕食にも「紅茶(缶入りのミルクを添えて)を飲み、ビスケットを少しつまんでからしばらくその辺を歩き、帰って回想録を読みあげた。夕食はオムレツに鮭のカレー煮と米、卵焼、ベークドビーンズ、缶詰のあんず」

主人公の女性、ジョーンが娘一家を訪ねたバグダードから陸路でロンドンに帰る途中、汽車を待つために滞在した宿泊所での食事です。砂漠のなかにある宿なので、新鮮な食材は手に入れることは難しく、こうした缶詰にたよる食事にならざるを得なかったのでしょう。

イギリスの国民的な食べ物となったベークド・ビーンズ、日常生活だけでなく、困ったときにも助けてくれる心強い友のような存在なのかもしれません。

イギリスではスーパーに牛タンの缶詰が売られている

8月の暑い日。もう少しでインディアン島へ到着というところでトニーが飲むのがジンジャー・ビア。ジンジャーエールが誕生する前からイギリスで飲まれていた、ジンジャーと糖とドライイーストで作る微炭酸の発酵飲料

ロンドンの店先で売られていたハインツ・ビーンズの缶

Death on the Nile

『ナイルに死す』

社交界の貴婦人が開くデリカテッセン

「ジョウアナは幸福に暮らしてるんでしょうね?」

「メイフェアあたりの一流の場所で、デリカテッセンでも開こうなんて考えてるらしい」

こう語るのは、母とジョウアナがいとこ同士である、青年ティム。

イギリス人なら、メイフェア——その名前を聞いただけで、いかにも社交界の貴婦人であるジョウアナが店を持ちたいと思う場所であると容易に想像できることでしょう。しかも洒落たデリカテッセンの店を開こうというのも納得の、その店を支える客となる富裕層の人々が行きかうイメージがあります。実のところ、本のストーリーを追っていくと、この貴婦人の裕福さに隠された真の素性が明らかになっていくのですが……。

さて、メイフェアとはどこなのか。

メイフェアというのは、ロンドンの中心部、シティ・オブ・ウエストミンスターに属する地区を指し、その西はハイド・パークに、北はオックスフォード・ストリート、東をリージェント・ストリート、南をピカデリーにそれぞれ囲まれる一帯の名称です。

『ナイルに死す』
一九三七年

アメリカの大富豪で美貌のリネットとその夫サイモンは新婚旅行でエジプトへ。しかし二人を付け回すようにサイモンの元婚約者ジャクリーンが現われる。新婚の二人は逃げるようにナイル河をさかのぼる豪華客船に乗るが、そこにもジャクリーンが姿を現わす。その晩、船に銃声が鳴り響きリネットが銃殺される。嫉妬に狂ったジャクリーンの犯行か? それとも……。同じ船に乗るポアロが示した意外な真相とは。

高級老舗ホテル、クラリッジスや世界的に有名なブランド店、おしゃれなレストラン、リッチな住宅が歴史を感じさせる建物とともに息づく地域といえます。

驚くのは、三百年も前からこの地を、グロブナー家という富裕貴族が代々所有しているということ。それだけでなく、チェルシー、マリルボーン、オックスフォード・ストリートというロンドンの一等地は、いずれも今も四つの名家によって所有されているのですから、さらに驚きます。

階級社会はこうして脈々と受け継がれているわけです。

貴族とともに、王室もロンドンの土地の保有者です。リージェント・ストリートのすべての土地・建物はCrown Estate社が独占管理しているのですが、この会社はイギリス王室の不動産を管理しています。つまり、ロンドン中心部を通るリージェント・ストリート全体、巨大な公園ハイド・パークもイギリス王室の関連資産ということになります。リージェント・ストリートの建物はグレード1または2に指定されており、法律により保護されています。

次に、デリカテッセンという言葉はどこからきているのでしょうか。

辞書で調べてみると、不可算名詞としては集合的に「手軽に食卓に出せる料理済みの肉・チーズ・サラダ・缶詰など、主にめずらしい食品の調製食品」の意となり、可算名詞としては、「販売店」の意となると説明されています。

また、ラテン語のdelicatus「魅力的な」を語源とし、フランス語のdélicatesse、délicat「美味しい、繊細な」(“fine”)を意味する、またはドイツ語のDelikatessen、Delikatesse「美味しい食べ物」(“fine food”)の複数形から派生してできた語となっています。

「ジョウアナは幸福に暮らしてるんでしょうね?」
「まあまあですよ。何だか、メイフェアあたりの一流の場所で、デリカテッセンでも開こうなんて考えてるらしい」
訳・加島祥造『ナイルに死す』(ハヤカワ文庫)より

イギリスの大手スーパー、セインズベリーのなかにあるデリカテッセン

セインズベリー内のデリカテッセンもそうだが、デリカテッセンではこだわりのある美味しいチーズをかたまりから好きなだけ切ってもらえる

ダートマスのデリカテッセン

トットネスにあるデリカテッセン

チャールズ皇太子が慈善活動のために運営している店、テッドベリーにあるハイグローヴ

オーガニックのアプリコット、デイツ、ピスタチオを使ったハイグローヴのケーキ

オーガニック食材を扱うデイルズフォード。コッツウォルズの町、ストウ・オン・ザ・ウォールドの郊外に本店がある

デイルズフォードでは牧草地に放牧されて健康に育った肉を扱っている

自社の農場で収穫した素材で作ったブルーチーズとウォルナッツパン。デイルズフォードはパンもオーガニック

デイルズフォードが自社で運営している牧場

デイルズフォードは野菜やハーブも育てる農場も運営している

広くてきれいなデイルズフォードの料理教室

イギリスでも街を歩いていると、たとえ地方の町でもデリカテッセンの店が目につくようになりました。

大手スーパーの「セインズベリー」のなかにもデリカテッセンコーナーがあり、スモークサーモン、オリーブ、パテなどが並んでいます。

私が住んでいたウィンブルドンにも最近ではデリカテッセンがオープンしています。ロンドンに行かないと買えないような、スーパーに並んでいないようなこだわりのお菓子や焼き立てのパン、乳製品。そして辞書の定義にあるように、すぐ食べられるおしゃれな食材、生ハムやチーズのかたまりが並んでいます。

スーパーでしたらチーズもパックになって並んでいますが、デリカテッセンではこだわりのある美味しいチーズをかたまりから好きなだけ切ってもらうようになっています。

そこで欠かせないのが会話です。

どのチーズがいいか、おすすめのチーズを聞くことからはじまって、かたまりからひと切れ味見をさせてくれたり、いくつかのチーズを食べ比べたり、店員さんとの会話も楽しいもの。スーパーでは無言で買い物ができますが、デリカテッセンでは店員とのやり取りも買い物のうちです。

そんなデリカテッセンの店を貴婦人が開くという話を読んで私が思い描いたのは、デイルズフォードのことでした。

デイルズフォードはイギリス、コッツウォルズにある町、ストウ・オン・ザ・ウォールドの郊外に広大な農場を持つオーガニックの店です。このデイルズフォードのオーナーこそ、

デイルズフォードの看板とトラック

レディーの称号を持つ、レディー・キャロル・バンフォード。彼女はJCBの巨頭、バンフォード卿の妻なのです。空き家になった納屋と荒れ野からオーガニックの農場、デイルズフォードを立ち上げました。「Country Living」二〇一八年八月号で、彼女は「私たちは自分たちの土地、土、体、心、そして惑星を管理していかねばならないのです」と語っています。

チャールズ皇太子がダッチーファームを立ち上げ、環境保全のためのオーガニック農業の必要性をイギリスに普及させたことはよく知られていますが、レディー・バンフォードも環境問題を意識し、「ZERO WAIST」（すべて有効に使う）という考えを掲げて成功しました。プラスチックの問題にも早くから着目して、店で肉を包むのも昔ながらに紙を使っていますし、コーヒー・カップもリサイクルできる紙製です。

デイルズフォードの店も、オーガニックを意識したデリカテッセンといってもいいのではないかと思うほどにおしゃれで美味しい食べ物、しかも高価ではあるのですが体にいいものが売られています。

地元の人には、「あんな高いところで買い物なんかできないよ」と不評ですが、店は食材や食事に気をかけられる、富裕層の客でにぎわっています。

最近ではこの本店の近くにホテル・レストランも開き、予約が取れないほどの人気を得ています。

ジョウアナが開くとしたら、どんなデリカテッセンの店を開いたのでしょうか。

イギリスの雑誌「Country Living」2018年8月号で特集されていたレディ・バンフォード

The Adventure of the Clapham Cook

「料理人の失踪」

朝食用に作る桃のシチュー

シチューといえば、牛のすね肉などをこってりとブラウンソースで煮込んだような料理をまず思い描いてしまうことでしょう。でも、その素材が果物の桃といったら、いったいどんなものかしらと首をかしげてしまうはずです。辞書で「stew シチュー」を引くと「とろ火で煮る、シチューにする、蒸す」と出ています。つまり桃のシチューとはかための桃を甘いシロップでやわらかく煮たものということになるのです。

このミステリーで失踪する料理人のイライザはこの日は休みだったということですから、朝から出かけてしまったはずです。

そうなると、「夕食のとき、ふたりで食べましょうよ」というこの家を出る前に残した最後の言葉から、楽しみにしていた桃のシチューやベーコンとポテト・フライは、どれも旦那さまと奥さまが朝食に食べたものということがわかります。

イギリスでは朝食にこうした果物のシロップ煮をよく食べます。

〃シチュード・プルーン〃もまっ黒なプルーンをやわらかくシロップ煮にしたもので、おなじみのものですし、かたくてとても生のままでは食べられないような洋梨なども、やはりシ

「料理人の失踪」
一九五一年

ポアロがヘイスティングズと、ガス自殺した銀行員の新聞記事を読んでいると、女性が訪ねてきて失踪した料理人の捜索を依頼する。はじめは乗り気でなかったポアロは捜査を続けるうちに、事件の背景にある大きな謎に気付く。

ロップ煮にして食べたりします。こういった果物にヨーグルトをかけたり、シリアルと合わせたりするわけです。

　私はといえば、大好きなのはルバーブのシチュー。

　育てやすいルバーブはイギリスの家庭の菜園で栽培されていることが多く、夏には掘りたての新鮮なルバーブがいくらでもとれるので、やわらかく煮ては朝食によく登場するのです。ルバーブというのはちょうどフキを大きくした形、緑色のなかにほんのりと赤く染めたような色をした、漢方では、大黄《だいおう》とも呼ばれるハーブのひとつです。

　繊維質に富み、これを煮て食べれば下剤となることが古くから知られていました。新鮮な緑の野菜はかつては贅沢品で、一般化するのは第二次大戦後といいますから、このルバーブが少量でも緑の野菜の役割をはたしていたというわけです。

　しかし、目のさめるような、なんともいえない酸味が特徴ですから、好き嫌いがはっきりと分かれるのも事実です。

　イギリスではパイやタルトの具としてもよく使うことから〝パイ・プラント〟の異名を持ち、お菓子作りにも大活躍。朝食用にやわらかく煮たものをミキサーにかけてなめらかなピューレ状にして、生クリームを合わせれば、〝フール〟というデザートにも変身します。一見、とてもかたそうに見えますが、水を入れずに砂糖だけを加えて火にかけると、あっという間に茎がとろけるように煮くずれます。

　ルバーブは日本へは明治初期に伝えられ、ルバーブの味を懐かしむ外国人のためにその居住地である軽井沢などを中心に栽培されるようになりました。


「イライザが家をでるまえにいった最後の言葉、おぼえていないでしょうね」

「いいえ、おぼえていますよ。たしか、こういいました。『食堂のほうにでている桃のシチューがあまったら、夕食のとき、ふたりで食べましょうよ。ベーコンとポテト・フライもね』って。あのひと、桃のシチューが大好物だったんです。案外、性（たち）のわるい連中は、ここに目をつけて、家出をさせたんじゃないかしら」

訳・宇野輝雄「料理人の失踪」

（『教会で死んだ男』ハヤカワ文庫）より

Murder on the Orient Express

『オリエント急行の殺人』

ミネラル・ウォーターのこだわり

「ムシュー・ポアロはペリエの小瓶を注文した。」

列車に乗り込んですぐにポアロが注文するのがペリエです。シリアから乗り込んだ列車、「タウルス急行」のなかでのこと。ベルギー人であるポアロがやはりフランス製のスパークリング・ウォーター、ペリエを指定するところが興味深いところです。

この列車でイスタンブールまで行き、海峡を渡り、ホテルへと着いたポアロでしたが、そこに届いた電報で、急遽ロンドンに帰ることに……。休暇をイスタンブールで過ごす予定でいましたが、それも叶わず、シンプロン・オリエント急行でイスタンブールからイタリアのトリエステ経由でフランスのカレーまで行き、そこから海を渡って、ロンドンへと向かう列車の旅となります。

「列車は常に私の大好きなものであった」

クリスティーがそう自伝で書いているように、列車が登場する作品はいくつもありますが、この作品はクリスティーの最も お気に入りの作品のひとつだったと孫であるマシュー・ブリ

『オリエント急行の殺人』
一九三四年

シリアで事件を解決したポアロはイスタンブールをゆっくり観光する予定だった。ところが電報が届き、新たな事件解決のためロンドンへ出発することに……。ポアロが急遽乗ったオリエント急行の一等寝台は、雪の季節にも関わらず、国籍も職業も様々の乗客たちで満員。そんな車内でアメリカ人の男が惨殺される事件が起きる。大雪に閉ざされた列車は密室状態……。ポアロが暴いた真相に世界中が驚いた衝撃作。

チャードは書いています。

クリスティーが『オリエント急行の殺人』を書いたのは一九三四年のこと。エルキュール・ポアロの登場作品としては、八作目に当たります。一九二八年に最初の夫アーチボルドとの離婚、失踪事件まで経験し、不幸に見舞われたクリスティーでしたが、友人宅でのパーティーでオリエント行きの急行についての話を聞くや、生来の冒険心がよみがえったのか、オリエント急行に乗ってイスタンブールやバグダッドをめぐるひとり旅に出かけます。この旅の経験が『オリエント急行の殺人』執筆のきっかけになったとされています。

ひとりでイスタンブールを何度も訪れるほどイスタンブールが気に入ったクリスティーは、翌年には、年下の考古学者のマックスとイスタンブールで出会い、再婚することになります。オリエント急行が、クリスティーを新たな人生へといざなってくれたのです。

『オリエント急行の殺人』では、列車の客のひとり、アメリカ人のハバード夫人がこう不満をこぼします。

「あのミネラル・ウォーターときたらどうでしょう――へんてこな水ですわね。エヴィアンとかヴィシーがおいてないですよ、おかしい話ですわ」

日頃からミネラル・ウォーターを飲みなれている人たちだからこそ、水ひとつにも銘柄のこだわりがあり、それがステータスにもなっているのでしょうか。

列車のなかで、何といっても命をつなぐ飲み水であるミネラル・ウォーターこそが大切とばかりに、作品中では何人もがミネラル・ウォーターを注文します。もちろん、コーヒーや紅茶を飲んだりもしますが。

ポアロはコーヒーを飲み、リキュールを注文した。給仕は銭箱を持ってテーブルをまわり、勘定をもらって歩いた。年配のアメリカ婦人のかんだかい、不満そうな声が聞こえた。

「娘が言ってくれたんですよ。『食券を一冊お買いなさい、そうすれば面倒がないから――それだけで世話なしなのよ』って。ところが、そうは参りませんわね。一割のチップをやらなくちゃならないし、それにあのミネラル・ウォーターときたらどうでしょう――へんてこな水ですわね。エヴィアンとかヴィシーがおいてないんですよ、おかしい話ですわ」

訳・中村能三『オリエント急行の殺人』（ハヤカワ文庫）より

サリー州のボックスヒルにあるホテルの朝食のテーブルにあった飲み水。水道水をろ過して冷やしたもの

ヒースロー空港にある飲み水

現代のイギリスの列車内販売

1929年、まるで小説のようにオリエント急行がイスタンブールから80キロメートルの地点で大雪に閉じ込められた

ハーパー・コリンズ社から2017年に発売された『オリエント急行の殺人』特装版

1928年頃のオリエント急行の路線図

イギリスでレストランのテーブルにつき、まず注文を聞かれるのが「お水はどちらにしましょうか？」のひと言。イギリスのミネラルウォーターといえば、ガス入り（炭酸入り）とスティル（炭酸なし）の二種類があります。このどちらかを頼むことが多いですが、ヨーロッパ諸国の水はEUの規定した基準に沿っているので、もちろん水道水も日本と同様十分飲むことができます。「タップ・ウォーター、プリーズ」と頼めば、「Tap water」は蛇口から出る水道水のことですが、その水をジャグに入れて持ってきてくれます。もちろんこれは無料です。以前ひとりでロンドンのフォートナム＆メイソンに昼食のために入ったときのこと。一階奥にあるカジュアルなレストランで、といえども高級なイメージなので、戸惑いながらもタップ・ウォーターを頼むと、洒落たグラスで氷入りの水を持ってきてくれました。意外と親切なのです。

イギリスの水と日本の水の違いはイギリスが硬水、日本は軟水であること。マグネシウムやカルシウムの含有量が多いと硬水、少ないと軟水と呼ばれます。しかもイギリスの水には石灰が含まれているので、毎日使う電気ポットのなかのコイルにこの石灰が真っ白なかたまりになってびっしりとこびりつき、その様子は事情を知らないとびっくりするほどです。この石灰を取るための洗剤も（重曹やクエン酸が主成分と思います）、ごく普通に存在しています。

水道水をそのまま使うのに抵抗のある家庭では、カートリッジとフィルターを取りつけたポット型の浄水器を使っています。我が家でもこの浄水器を使っていましたが、あまりにも早くろ過されてしまうため、本当に効果があるのか不安に思ったものでした。

イギリス人の年配の女性には足首のところが腫れてまるで象の足のようになる、いわゆる

ムシュー・ポアロはペリエの小瓶を注文した。

朝の五時に汽車に乗るというのは、時間からいって所在ないものであった。夜が明けるまでにはまだ二時間ある。いささか睡眠不足の気味があったし、むずかしい役目を無事にはたしたという気持もあったので、ムシュー・ポアロは隅のほうにまるくなると眠りこんだ。

眼をさましたのが九時半だったので、彼は熱いコーヒーでも飲もうと食堂車にいった。

訳・中村能三『オリエント急行の殺人』（ハヤカワ文庫）より

「象足」の人が多くいますが、それが水道水の石灰が長年体に蓄積したことから起こるという噂が広まっています。その恐怖心から、日本人の友達で飲み水から料理をする水まですべてミネラル・ウォーターを使っている人がいました。その量たるや相当なものですが、配達されたミネラル・ウォーターが玄関のそばで山積みになっていたのを覚えています。

「髪染めてるの?」ウィンブルドンに住んでしばらくすると、久しぶりに会った友人からこう聞かれたことがありました。これも硬水の仕業で、硬水で髪の毛を洗うとゴワゴワとした手触りになったり、髪の毛の色が抜けてしまったりするなどのダメージが多くなるようです。また、シャンプーやボディソープの泡立ちがめっきり悪くなるので、想像以上にたくさんの量を使う必要があるのです。

浴槽の湯に入れる入浴用の塩、ラベンダーの香りのついたバスソルトなるものが薬局などで売られていますが、これも肌が荒れないように、硬水を和らげるために入れるものと聞きました。日本にもバス用品コーナーに素敵なバスソルトが溢れていますが、本当は軟水の日本ではバスソルトは必要ないということですね。食洗機にも塩の注ぎ口があって、そこに大量の塩を入れるのは、硬水のせいで、ガラス食器が曇ってしまわないようにするためとのこと。日常生活のいろいろな場面で、硬水対策は欠かせません。

ところで、ロンドンの水はどこから来るのか、というと、それはテムズ川からなのです。一八三二年以降、たびたび発生するコレラの大流行を防ぐため、ロンドンとパリでは下水道の整備にとりくむことになりました。一八五二年にロンドンでは「首都水道法」が成立して、テムズ川上流から取水する上下水道の建設と、地下水以外の上水は必ずろ過処理するこ

ムシュー・ブークはもう席についていて、身振りで挨拶し、自分の向かい側の空いた席に招いた。ポアロは腰をおろしたが、そのテーブルが特別扱いされていることに、すぐ気がついた。料理は真っ先にくるし、その料理も上等のものばかりで、すばらしくうまかった。

おいしいクリーム・チーズを食べている頃になって、はじめて、ムシュー・ブークの注意が食事以外のことに向けられるようになった。思索的になるところまで食事の段階がきたのだ。

「ああ!」と彼は溜息まじりに言った。「わたしにバルザックの筆がありましたらなあ! この場面を書くんですが」

彼は大きく手を振った。

訳・中村能三『オリエント急行の殺人』(ハヤカワ文庫)より

とを義務づけたのです。これにやや遅れて一八五五年に首都土木庁が下水道の設計、工事を行い、一八六五年にほぼ完成しました。このときに「下水利用法」が制定され、トイレの水洗化が義務づけられたとのことです。

ギリシャ人から教えられた温浴を知ったローマ人は魅せられ、大規模な公衆浴場を作ったといいますが、ロンドンの西にある町、バース（Bath　温浴の意）もローマ人によって作られたもの。かつて湯治で栄えた町らしく、今もふつふつと湧き出る温泉の湯が、浴場に隣接したティールームでふるまわれています。

今やイギリス人にとっての入浴はシャワーですませることがほとんどで、バスタブでの入浴は極めてまれに楽しむもののようです。それは湯のボイラーに限界があり、ひとたび浴槽に湯をためると、ボイラーの湯を使いきってしまうことになり、また湯がボイラーにたまるまでシャワーも使えなくなってしまうという現実的な問題が起こるからです。

バスタブの湯を石鹸で泡だらけにして入浴を楽しんだ後、シャワーで流すこともなくバスタオルで拭き取ってしまうシーンを映画でも見覚えがあることでしょう。ボイラーに限界があるためかどうかはわかりませんが、湯が大事ということがその背景にあるのかもしれません。私がコッツウォルズの田舎のホームステイ先で食後の皿洗いをしていたときのこと、洗剤で洗った食器を水道ですすいでいたら、「下水を溢れされるつもりか！」といって怒られたことがあります。洗剤を溶かした容器のなかでお皿を洗い、水でゆすがずにそのままキッチンタオルで洗剤も汚れも拭き取ってしまう、これがイギリスの一般的な食器の洗い方です。

イギリス大好きな私といえども、これだけはちょっと受け入れられない習慣です。

バースは古くから大きな公衆浴場「ローマン・バス」のある町として有名。ジェイン・オースティンの作品にも登場する

バース近郊に住むスーさんのキッチン

ロンドンの生活を支えるテムズ川の水

The ABC Murders

『ABC殺人事件』

摘みたてイチゴ

「Strawberry, Pick Your Own」「ストロベリー、ピック・ユア・オウン（イチゴ摘み取り）」

農家の庭先に無造作にペンキで書かれたこんな看板が目につくようになったら、イギリスでは春から初夏への季節の移り変わりを告げる合図です。

日本では、今や一年中といっていいほどいつでも味わえるイチゴですが、イギリスでは夏の〝太陽の味〟そのものなのです。

ホームステイをしていたときに、その家の夫人、ジルと一緒に、近所のイチゴ畑にバスケットを片手に出かけたことがありました。露地栽培で真っ赤に熟したイチゴはひと粒ほおばると口いっぱいに酸っぱさが広がり、野生そのままの風味があります。摘みたてのイチゴはクリームをかけてその日のデザートとしてそのままの味を楽しみ、残りは大きな鍋で煮て、ジャムを作ったりしました。摘みたてのイチゴはそれはしっかりと、実もかたく、宝石のように美しく鍋のなかで輝いていたのを今でもよく覚えています。

このイチゴに比べたら、このミステリーのなかでヘイスティングズの買った八百屋のイチゴなど問題外。ポアロがお説教をするのも無理のないことだと思うのです。

『ＡＢＣ殺人事件』
一九三六年

ポアロの元へ「今月二十一日のアンドーヴァーへ注意することだ」と挑戦状が届く。その予告通り、アンドーヴァーで、アッシャーという名の煙草店の老女が殺害された。現場に残された手がかりは、店にあるはずのない列車の時刻表『ＡＢＣ鉄道案内』のみ。まもなく第二、第三の挑戦状が届き、ベクスヒルでＢの頭文字の娘が、チャーストンの地でＣの頭文字の紳士が殺され……。犯人の目的は？　なぜポアロを敵として選んだのか？

ロンドンでも駅前に出る屋台の果物屋さんでよく新鮮なイチゴを買ったものでした。ラズベリーやブラックベリーも小さなダンボール箱に入れて売られていて、夕方には早く売り切ってしまうためにとても安く買えたりします。ヘイスティングズがこうした店でイチゴを買ったのなら、ポアロにも叱られることはなかったでしょう。

イチゴはすでにシェイクスピアの時代から栽培されてきた古い歴史を持つ果物です。『オセロ』のなかでデスティモーナの不貞をイアゴが告げるところがありますが、そこに〝ストロベリー〟が出てくるのです。

オセロがデスティモーナに初めて贈ったハンカチーフ、それにはイチゴの刺しゅうがしてあったのですが、そのハンカチーフを不貞の相手であるカシオが使っていたという、ウソの密告をイアゴはオセロにささやくのです。当時ハンカチーフを贈ることは真の愛情を表わすという特別な意味がありました。そのハンカチーフをほかの男が使っていることを知ったならば、オセロでなくともただならぬ気持ちになって当然です。

あらぬ疑いをかけられたデスティモーナは、オセロの冷たい仕打ちに耐えかねて自殺してしまうのですが、この悲劇を作り出した小道具として、愛らしいイチゴの刺しゅうをほどこしたハンカチーフが使われたことが涙を誘います。

ストロベリーはストロー「麦わら」で保護して栽培するベリーという意味があり、野生種が庭で育てられたことを物語っています。イギリスのイチゴの味は今もその野生の味の名残をとどめているかのように酸味があって味わい深いのです。

そのイギリスのイチゴが名物となっているのが「ウィンブルドン・ローンテニス・チャン

「安い八百屋では――イチゴはいけません。イチゴは、摘み立てでないかぎり、汁が染みだしてくるんです。バナナなら――リンゴでも――キャベツだっていいが――でもイチゴはね――」

「最初に思いついたのがイチゴだったんです」わたしは言い訳がましく説明した。

「想像力が欠けているんです」

ポアロはきびしく言い返した。

訳・堀内静子『ＡＢＣ殺人事件』（ハヤカワ文庫）より

ピオンシップ」。イギリスのイチゴの旬は五～九月ですが、六月の最終週から二週間にわたって行われるこのテニスの大会の期間がちょうど露地のイチゴの最盛期となる季節と重なるため、イチゴにクリームをかけただけの「ストロベリー&クリーム」が名物となっているのです。シングルクリームと呼ばれる本当にクリーム色をしたクリームをとろりとイチゴにかけただけ、と簡単なのに、太陽を浴びて育ったイチゴの味と合わさると、その美味しさに感動するほど。イギリスの人たちはウィンブルドンのテニスを見ながらこのイチゴを味わうことで、夏が来たことを楽しむのです。このウィンブルドンのテニスの大会で用意されるイチゴは「エルサンタ」という品種のイチゴと決まっています。その消費量ときたら、毎年二七〇〇〇キログラム、クリームは七〇〇〇リットルにものぼるとのこと。

シェイクスピアと同時代の作品になりますが、ジョージ・ピールの作品「The Old Wives Tale」のなかで、イチゴを夏の喜びと結び付けて讃えた歌があります。

イチゴはクリームのなかで泳ぎ、少年たちは川で遊ぶ

シェイクスピアの時代ではイチゴはそのまま、あるいはソースにして肉と一緒に食べるものでした。

一八七四年に砂糖にかけられる税金が廃止され、砂糖の値段が安くなると、イチゴを砂糖と煮るジャム作りが急速に盛んになります。二十世紀になるまでにロンドンの南に位置するケント地方でロンドンの市場に出すためにイチゴも広く栽培されるようになったのでした。

『ABC鉄道案内』
(abc British Railways Locomotion)

ウィンブルドン名物のストロベリー＆クリーム

ウィンブルドンのストロベリー＆クリーム用のイチゴ

露地栽培のイチゴ畑

イチゴ摘みの看板

イギリスの店頭にずらりと並ぶ新鮮なイチゴ。ジェイン・オースティン『エマ』のなかにも、イチゴ畑でイチゴを摘む場面があり「イングランドで一番おいしい果物ですわ――だれものお気に入りですわ――ほんとにからだによくて。――こんなすばらしい畑、いちごの品種。――自分で摘むのは楽しいものですよ――いちごは、こうしていただくにかぎりますわ」というセリフがある

The Tuesday Night Club

「火曜クラブ」

トライフルの砂糖飾り

夫婦が一緒に囲んだエビとサラダ、デザートのトライフルの夕食。このメニューを食べた夜、妻が急死し体内から砒素が検出されます。トライフルがいかに美味しいデザートであるかを知っているだけに、このミステリーはわが身にふりかかったことのように身の毛がよだちます。何しろひとさじ味わうだけで、幸せになる美味しさなのですから。

このハンドレッズ・アンド・サウザンズをのせたトライフルを見逃さずに事件の謎を解くのが、ミス・マープルです。私自身、このミステリーを読んだときにはハンドレッズ・アンド・サウザンズに砂糖飾りの意味があるとは知りませんでした。直訳すれば、「何百も何千も」という意味なのですから。初めてこの言葉の意味に気が付いたのは、何冊もの料理書でトライフルの作り方を読み返してみてからです。

ところがイギリスに住んでみると、スーパーの製菓材料を売る棚にいとも何気なく、プラスティックの容器に入って売られているではありませんか。その容器のなかには、小さなビーズのように愛らしい、ピンクやブルーの砂糖の粒がたくさん入っています。この砂糖飾りはトライフルばかりでなく、ケーキの飾りとしても古くからおなじみで、子供のパーティー

「火曜クラブ」
一九三二年

作家、画家、警視総監、牧師、弁護士らが集まって迷宮入り事件を推理する「火曜クラブ」が開催される。同じ夕食を囲んだ夫妻と家政婦のうち、妻だけが砒素で死んだ事件の謎を、静かで古風なミス・マープルが驚くべき推理力で解く……！　ロンドン郊外の田舎、セント・メアリ・ミード村に住む老婦人、ミス・マープルが初めて登場した短編。

に用意するカップケーキなどでもクリームの上にかけるカラフルな可愛い飾りになります。〝トライフル〟を辞書で引いてみると、英語で「つまらないもの」という意味があるのはどうしてでしょうか。中世にまでさかのぼる古い歴史を秘めたトライフルは見かけはいたって無造作。ただし、味は美味というイギリスの食べ物の典型的な特徴を備えています。作り方も簡単で、特別な材料も必要なく、技術がなくてもできてしまうところが、家庭のデザートとしてトライフルが今もなお作られ続けている理由に違いありません。

しかし簡単といってもトライフルは、ある決まりごとがあるようです。まずガラスボウルに小さく角切りにしたスポンジケーキを敷き詰め、シェリー酒をたっぷりとかけてしみ込ませます。その上に真っ赤なラズベリージャムをのせます。さらにとろりとやわらかく煮たカスタードクリーム、その上に生クリームを層になるように注ぎ、間にバナナなどのフルーツをのせます。仕上げに真っ白な生クリームを広げ、その上にハンドレッズ・アンド・サウザンズや紫色の砂糖がけのスミレの花、ベリーなどの果物などで飾ってできあがり。大きなデザート用の銀製のスプーンで底に敷いたスポンジまですくうようにして盛りつけます。作りたてよりちょっと冷蔵庫に入れて味をなじませたほうがいっそう美味しくなります。

友人のブラウンさん宅での夕食で、デザートにトライフルをごちそうになったことがあります。大英博物館の東洋写本部で忙しく働く彼女ですが、いつも手際よく、手料理でもてなしてくれるのです。ブルーの涼しげなガラス器に作られたそのトライフルは、キウイの輪切りとこんがりと煎った松の実で飾ったもの。現代風の仕上げといったところでしょうか。

最近では一人分ずつ小さなグラスなどで作るトライフルも人気のようです。

「トライフルにはね、たいてい飾り砂糖（ハンドレッズ・アンド・サウザンズ）をのせるものなんですよ。そら、ピンクや白の粉砂糖をね。夕食にトライフルが出たということ、夫が誰かにあてて、ハンドレッズ・アンド・サウザンズうんぬんと書いたということを伺ったとたんに、わたしは当然その二つをむすびつけて考えたんですよ。トライフルにのせるようにと、ジョーンズがメイドに言いつけておいたにちがいありません」

訳・中村妙子「火曜クラブ」（『火曜クラブ』ハヤカワ文庫）より

オーガニック素材を扱うデイルズフォードの料理教室で作ったトライフル

ハンドレッズ・アンド・サウザンズ

『ミセス・ビートンの家政書』（The Book of Household Management）に掲載されているトライフル（左下）

ウェールズの家庭のクリスマス・パーティで食べたチョコレートをトッピングしたトライフル

ウェールズのクリスマス・パーティーのトライフルの中身はモールドワインのゼリー

トライフル

伝統的なレシピのトライフル。
レシピは60ページへ。

Recipe

トライフル

Trifle

材料　（ガラスのボウル1つ分／直径：20cm、高さ：9cm程度の大きさ）

カステラ……3切れ
ラズベリージャム……大さじ3
シェリー酒
　……大さじ2～3程度。お好みで
バナナ……小2本
レモン汁……小さじ2
イチゴ……7粒くらい
キウイ……1個
生クリーム……200cc

＊カスタードクリーム
　卵黄……3個分
　コーンスターチ
　　……小さじ2
　グラニュー糖……30g
　牛乳……450cc
飾り用……イチゴ、ラズベリー、ブルーベリー、ミントの葉など。お好みで

作り方

1. カスタードクリームを作る。牛乳を鍋に入れて沸騰直前まで温める。ボウルに卵黄をほぐし、グラニュー糖、コーンスターチを加えてすり混ぜる。そこに温めた牛乳を少しずつ注ぎ、よく混ぜる。

2. 手順1を鍋に戻して弱火にかけ、絶えずゴムベラでかき混ぜながら、とろみがつくまで火を通す。

3. カステラは厚みを半分に切り、ラズベリージャムを塗ってはさみ、4等分に切る。それをガラスの器の側面に切り口が見えるように並べ、さらに底にも並べる。シェリー酒をふりかける。カスタードの一部を底にかける。

4. 薄切りにしてレモン汁をふったバナナ、へたを取り縦に半切にしたイチゴ、皮をむいて輪切りにしたキウイをカステラの間や底のカスタードの上にガラスの器の側面から見ても彩りよく見えるように並べる。その上に残りのカスタードを注ぐ。

5. 8分立てにゆるく泡立てた生クリームをその上に平らに広げる。仕上げにお好みで、イチゴやラズベリーなどのフルーツ、ミントの葉などで飾る。

ミス・マープルの住む村、セント・メアリ・ミードはいったいどこにあるのだろう。多くの読者同様、私も長い間疑問に思っていました。どこにあるのか、具体的にその場所は書いていないクリスティーですが、『パディントン発四時五〇分』（一九五七年）では「ロンドン西の玄関パディントン駅から汽車に乗って二時間弱の駅で下車、そこから村まではタクシーで14キロメートル」と、またその十四年後に出版された『復讐の女神』（一九七一年）でも「とても小さな村で、……ロンドンからは25マイルほど」と書いています。二十五マイルとは約四〇キロメートル。もっとロンドンから離れた田舎にあるイメージでしたが、ミス・マープルの住む村は意外とロンドンに近いところに設定されていたようです。

具体的にどこにあるかはさておき、ミス・マープルの村のイメージと重なるところはイギリスのあちらこちらにまだ残っているように私は感じています。村人たちが顔見知りで互いに助け合い、教会を中心に広場があり、パブがあり、ティー・ルームがある。まるで絵葉書のような石造りの家々が並ぶ小さな村。ここには「暮らし」があるのだと温かい気持ちになるような……。

ダートムアにひっそりと息づく、ウィディコム・イン・ザ・ムア村も、ミス・マープルの住んでいるセント・メアリ・ミード村のモデルといわれてきました。クリスティーが最初のミステリーを書いたヘイトー村から南西へ六キロメートル、ダートムアの荒涼とした自然のなかを通ってこの村に着くと、こぢんまりとした雰囲気がとても心地よく、ほっと安心できるような居心地の良さを感じるほど。今にもミス・マープルが歩いて現われそうな、不思議な錯覚を覚える村です。教会裏にある牧師館は今はナショナルトラストが経営するショップ

1917年の夏、戦争のなか、落ち着かないトーキーを離れ、クリスティーは母クラリッサにすすめられて、原稿を書くために2週間ほどダートムアにやってきた。執筆のために選んだムアランド・ホテルの入口には、かつて「アガサ・クリスティー・バー」と書かれた木の看板があった

になっていて、ショップのおばさんがカギを開けてその牧師館を見せてくれたこともありました。今では村の集会所として使われているようです。この村は、毎年九月に開かれる「ウィディコム・フェア」がマザーグースに歌われていることで有名です。

トム・ピアス、トム・ピアス
グレーの雌馬、貸しとくれ
山坂越えて　パカパカと
皆でウィディコム・フェアに行くためサ
ビルにジャンにガーニーに
ディビーにダンにハリーに
トム・コブリー爺も一緒にサ
トム・コブリー爺も一緒にサ

（鷲津名都江『マザー・グースをたずねて　英国への招待』筑摩書房）

今でもフェアになると馬に乗って多くの人がこの村に集まり、手工芸品や食べ物を売る出店で埋め尽くされ、にぎわいます。この歌は一八八〇年に初めて出版されてから有名になったといいます。この近くには藁ぶき屋根の家が点在するチャグフォード、ラストレーといった愛らしい田舎の村もあるので、村巡りをするのも楽しいものです。セント・メアリ・ミード村を愛するミス・マープルの気持ちがわかるかもしれません。

村のあちらこちらでウィディコム・フェアをモチーフにした品々が見られる

クリスティーが処女作『スタイルズ荘の怪事件』を執筆したムアランド・ホテル

現在もムアランド・ホテルにはアガサ・クリスティーの肖像画が飾られている

ムアランド・ホテルの窓からは、まるで額縁に縁取られた絵のようにその向かいにそびえたつヘイトーロックが見える。執筆に疲れると、午後にこのヘイトーロックまで長い散歩をするのがクリスティーの日課だったとのこと

セント・メアリー・ミード村のモデルといわれたウィディコム・イン・ザ・ムア村の看板

ウィディコム・イン・ザ・ムアにあるセントパンクラス教会。14世紀に建てられた

村の通りには今にもミス・マープルが現われそうな雰囲気が漂っている

After The Funeral

『葬儀を終えて』

焼きたてのスコーン

青い柳の模様のついた食器——これこそイギリスではブルーウィロー・パターンと呼ばれておなじみの食器です。

イギリスの食器というとウェッジウッド製のような高級磁器を思い描く方が多いと思いますが、実際に家庭で日常よく使われているのは陶製の安価な食器です。この柳と鳥と城が中国風に描かれたブルーウィロー・パターンこそ、その代表ともいえるでしょう。

そもそもイギリスが中国に作らせて逆輸入していたことを知れば、東洋風な雰囲気が漂うのもうなずけます。驚いたことにそれが日本にももたらされて、印判皿の絵柄にもなっているとのことです。この絵柄を初めて見たときに日本の染付皿と似ていると思ったのも当然というわけです。私がこの食器で初めてお茶を楽しんだのは「柳荘」ならぬ、バースに近い、ケルストンという小さな村にある〈パークファーム〉というティールームでした。

『葬儀を終えて』ではコーラの料理人だったミス・ギルクリストが、集まった人たちにお茶をもてなすために粉を練ってスコーンを焼く場面があります。焼きたてのスコーンに手製のイチゴジャムを添えて、いそいそとふるまう様子はまるで、かつて彼女が経営していたティ

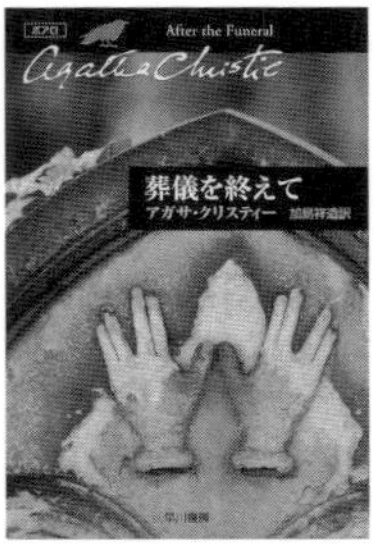

『葬儀を終えて』
一九五三年

大富豪のアバネシー家の当主リチャードの葬儀が終わり、遺言公開の席に一族が集まった。財産の均等分配が告げられたとき、末妹のコーラが「だって、リチャードは殺されたんでしょう?」と思いがけない言葉を放つ。リチャードの急逝の秘密をコーラは何か掴んでいるのか? ところが翌日、彼女が惨殺死体で発見された——。依頼を受けて事件解決に乗り出したポアロの推理が導き出す意外な犯人とは?

ールーム、「柳荘」で自慢のスコーンをお客にふるまった姿に重なります。〈パークファーム〉のスコーンもミス・ギルクリストのようにお菓子作りの上手な奥さんが焼いたもので、ブルーウィロー・パターンのお皿にのって運ばれてきました。

イギリスではロンドンを離れると、この〈パークファーム〉のような、手作りのお菓子とお茶を楽しめるところがかなりあります。このティールームは、ファームという言葉からもわかるように、農家が経営する店です。牧畜が今も盛んなイギリスでは牛や馬を飼い、小麦を栽培したり、牧羊で暮らしをたてているような農家が地方にはたくさんあるのです。

そうした農家では搾りたての牛乳から作るできたてのクリームやバターを使って、奥さんがお菓子作りに腕をふるう家庭も多いものです。そんな農家の主婦が気候のよい季節だけ庭先にテーブルを出して屋外喫茶店を開くことがあり、そのおかげで、私たちも家族のようにその味わいを楽しむ恩恵にあずかることができるのです。

パンとビスケットのちょうど中間のような焼き菓子であるスコーンに、クロテッド・クリームとイチゴジャム、そしてポットにたっぷりと入った紅茶。このひと揃いこそが、イギリスのお茶の時間のメニューの代表〝クリーム・ティー〟と呼ばれるものです。

ロンドンのリッツホテルのような高級な場所で優雅に味わうアフタヌーンティーも魅力的ですが、親しい友人の庭へお茶に招かれたように、緑のなかで風に吹かれながら楽しむ焼きたてのスコーンの味もイギリスならではの豊かさのひとつです。

ミス・ギルクリストもそんな温もりのあるティールームを続けたかったに違いありません。

「じつを申しますと、わたくしはどうしても自分を使用人という仕事に結びつけることができないんでございますの。わたくしが喫茶室に失敗したのはちょうど戦争中でございまして、実際ひどい目にあったんでございますのよ。とても素敵な店で。〈柳荘〉という名前でしてね。食器類にみんな青い柳の模様がついてまして、とても綺麗な。お菓子がおいしいので評判でございました。わたくしって昔からお菓子だとかスコーンだとかいったものに口がおごってまして。ええ、ずいぶんはやりましたわ、そしたら戦争でしょう？材料の供給が減らされましたし、結局つぶれたんでございますの（略）」

訳・加島祥造『葬儀を終えて』（ハヤカワ文庫）より

「昼飯はもちろんコールド・ランチだが、ハムと鶏と、牛のタングとサラダ、そのあとでレモンのスフレとアップルパイ、まず最初に熱いスープ」
リチャードの厳かな葬儀の後に親戚一同で食べるのはコールド・ランチ。イギリスではその代表ともいえるのが「ploughman's lunch」と呼ばれる、パンとチーズ、チャツネ、ピクルスがひと皿になったシンプルなもの

デヴォン州のコッキントンにあるティールーム

看板に「Cream Teas」とある

スウィンドンの駅の食堂で、葬式帰りの喪服のコーラが食べるのがバース・バン（Bath Buns）。小さな干しぶどうと白い砂糖がのっているバース生まれのパン。ジェイン・オースティンがバースへ引っ越す直前の1801年1月に書いた手紙にも「私がバース・バンでも食べて胃の調子を悪くし、食費がかからないようにします」とある。写真は1866年に昔ながらのレシピでバース・バンを作って売った老舗「Cobb's」。バースの西にある港町ブリストルに砂糖とスパイスが入ってくることから誕生した。昔は砂糖がけのキャラウェイ・シードがのせられていたそうだ

スコーン

焼きたてのスコーンとクロテッド・クリーム。
レシピは68ページへ

Recipe

スコーン

Scone

材料　(直径5cmの菊型6〜7個分)

薄力粉……200g
（スペルト小麦のみ、またはスペルト小麦と薄力粉を半量ずつにしてもさっくりとした焼き上がりになり、美味しい）
ベーキング・パウダー……小さじ2
（アルミニウム不使用のものが望ましい）
塩……ひとつまみ
無塩バター……50g
グラニュー糖……大さじ1
卵1個と牛乳を合わせたもの……100cc

作り方

1. オーブンはあらかじめ220℃に熱しておく。ボウルに薄力粉、ベーキング・パウダー、塩を合わせてふるい入れる。

2. 冷蔵庫で冷やしておいた、1cm角に切ったバターを手順1に加え、粉類をまぶしながらナイフでさらにあずき粒大に切り込み、手のひらをすり合わせるようにして粉とバターをなじませ、サラサラのパン粉状にする。グラニュー糖を加えて混ぜる。

3. 計量カップに卵を割り入れて溶き、そこに牛乳を加えて合わせて100ccにする。それを手順2のボウルに加えて、ゴムベラで切るように混ぜ、ひとまとめにする（ここまでをフードプロセッサーで作ってもかまわない）。

4. 台に取り出し、軽くこねた生地を、めん棒または手のひらで2cmほどの厚さに伸し、菊型（強力粉をまぶすとよい）で抜く。天板にのせ、上面に牛乳（分量外）を側面に垂れないように（垂れると膨らみが悪くなる）刷毛で塗る。

5. あらかじめ220℃に熱したオーブンの上段に入れ、8〜9分焼く。温かいうちにクロテッド・クリーム、ジャムをのせていただく。

※クロテッド・クリームは中沢乳業のものが手に入れやすい。開封時にゆるい場合は、室温で空気を含ませるように何度もかき混ぜると、固くこってりとなる

私が滞在していたクック家でのある朝、水色の小さな箱が封筒や葉書にまじって送られてきたことがありました。

「この箱をあけてごらん」と手渡されて開けてみると、レーズンやチェリーの入った黒っぽいフルーツケーキのかけらが、白い砂糖衣もついて入っています。

それはアーサーの友人の娘さんから送られてきたウェディングケーキだったのです。

昔からイギリスでは、ウェディングケーキはレーズンなどのドライフルーツをたっぷりと焼き込んだフルーツケーキで、三段重ね（白い砂糖衣でデコレーションしたもの）と決まっています。

一番大きな下の段は、ウェディングに集まってくれた人にパーティでふるまわれ、中段は列席できなかった人へ小さな箱に入れて郵送で届けられます。

そして一番上の段は、ふたりの赤ちゃんが生まれるまで大切にとっておくのです。

「今晩、このケーキのかけらを枕の下に入れて眠ってごらん。イギリスではね、そうすると夢のなかに将来結婚する相手が現われるという言い伝えがあるんだよ」

アーサーが茶目っ気たっぷりに教えてくれました。

『葬儀を終えて』で、事件の謎を解く鍵となるウェディングケーキが、ミス・ギルグリストへ郵送されることに驚いた人もいるのではないでしょうか。これはイギリスの古い習慣なのです。


「検屍審問に行ってる間に郵便屋さんが来たらしいですわ、郵便受けの中に押し込んだと見えて、ドアの後ろに転がっていましたの。いったいなんでしょう……。ああ……きっとウェディング・ケーキだわ」

ミス・ギルクリストは嬉しそうに包み紙を破って、中から銀のリボンでくくった白い小箱を取り出した。

「やっぱりそうだわ」彼女はリボンを取った。中にはアーモンド・ペーストに白砂糖をまぶした小さな三角形のこってりした感じのケーキが入っていた。「まあすてき、でも、いったい誰が……」

訳・加島祥造『葬儀を終えて』
(ハヤカワ文庫)より

イギリスでは文房具屋さんでこのウエディングケーキの箱が売られていた

ふたを開けるとフルーツケーキのかけらがデコレーションの砂糖衣と一緒に入っている

コッキントン・コートにあるティールーム

ブルーウィロー・パターンの皿とスコーン

「マージョリイが実際に使っているガス台の側には、ヴィクトリア朝時代の仰々しい壮大な調理台が全然使われないままに寒々と、まるで過ぎ去った日を祭る祭壇のように立ちはだかっていた」
急逝したリチャードのゴシック風の大邸宅の台所は、立派なビクトリア朝時代のものだった

ゆで卵

さっきあなたにちょっとお話した私の叔母さんですね。彼女も召使いたちが彼女を毒殺しようと企んでいると、こう信じ込んでいましてね、おしまいにはゆで卵だけ食べて生きてました。ゆで卵の中には毒を入れることはできませんからね。

訳・加島祥三『葬儀を終えて』（ハヤカワ文庫）より

ミス・ギルクリストの叔母がいった「ゆで卵の中には毒を入れることはできない」という言葉は、『クリスティー自伝』を読むとクリスティーの祖母がいった言葉だったことがわかる。ポアロが好むのもゆで卵である。

イギリスではスペルト小麦が流行中。現在の小麦の原種にあたる古代穀物で栄養価が高く、小麦粉アレルギーを発症しにくいといわれている。これでスコーンを作るとザクザクとしたイギリスらしい味わいが楽しめる

Towards Zero

『ゼロ時間へ』

北部の常食・オートミール

「彼女の部屋はミードウェイ女子高校の学風をよく表していた。すべてが落ち着いた、オートミールのような色をしている。」

バトル警視が登場するシリーズ五冊の最後の作品、クリスティー自身が自作ベスト10に挙げている傑作『ゼロ時間へ』の一節です。ポアロやミス・マープルが活躍する作品の陰に隠れて、目立たない存在の作品かもしれません。

娘が通う女子高校を訪れた主人公のバトル警視。通されたのは、その高校を取り仕切る有能な女性の校長先生の部屋でした。その部屋は、壁も含め、オートミールのベージュのような、落ち着いた色合いが、なんともきちんとして、飾り気のない女子高校の学風と、その校長である女性に似合っているのではないか、と読みながら感じました。

ベージュといってもオートミールの色合いは、クリーム色のように明るくなく、落ち着いたもの。シックで、インテリジェンスを感じさせる女性の部屋の色としてはぴったりではないか、と思ったものでした。

かつてスコットランドを旅したときに、今は亡き、クイーン・マザー御用達のカシミアセ

『ゼロ時間へ』
一九四四年

夏の休暇中、海辺の館で富豪の老婦人レディ・トレシリアンが殺される。殺人の動機は金目当てか？　憎しみか？　嫉妬による罠か？　複雑に絡み合った群像ドラマが、殺人事件が起きる〝ゼロ時間〟に向けて集約されていく――。

ーターの店で、オートミール色のセーターを買ったことを思い出しました。オートミールの粒を思わせる濃淡のあるベージュといったらよいのでしょうか、その深みのある色合いが気に入ったのでした。

オーツ麦を脱穀した、オーツグローツを調理しやすく加工したものがオートミールと呼ばれます。

「イングランドでは馬が食い、スコットランドでは人が食べる」とサミュエル・ジョンソン博士が揶揄したオーツ麦。そもそも植物学的には、ヨーロッパとアジア原産の野生のカラスムギを、馬の飼料として栽培したものであったのですから、それを人が食べるとは、サミュエル・ジョンソン博士の驚きもうなずけます。

英名はオーツ（OATS）で、オーツ麦は植物図鑑に出ている和名とのことで、一般にはエンバク（燕麦）といった方がわかりやすい人も多いことでしょう。スコットランドだけではなく、ウエールズ、イングランド北部でも主要な穀物なのは、涼しい気候がオーツをしっかりと実らせるからです。パンやお菓子となり、これらの地方で暮らす庶民の常食として作り続けられてきました。

キャサリン・ブラウンの著書『スコティッシュ・クッカリー』（Scottish Cookery　一九八五年）によると、オートミールは、粒の大きさによって以下のように分類しています。Pinhead（ハギスやオートミールのパン）、Rough（ポリッジやオーツケーキ）、Medium Rough（肉屋がMealiePuddingを作るのに使う）、Medium and Fine（ポリッジ、ベーキング用）、Super-fine（ベーキングとオーツケーキ用）、Oat flour（粒のない粉でベーキング用）。

ミス・アンフリーは校長としておおいに成功していた。個性的で――実に個性的で、博識で進歩的、伝統的な規律と現代的な自主自立の精神をうまく組み合わせていた。

彼女の部屋はミードウェイ女子高校の学風をよく表していた。すべてが落ち着いた、オートミールのような色をしている。

訳・三川基好『ゼロ時間へ』（ハヤカワ文庫）より

オーツグローツをひき割りしたカットオーツ、カットオーツをさらに食べやすくするため、蒸して圧延したものをロールドオーツと呼びます。アメリカのクォーカー・オーツ会社が一八七七年に開発した製品です。そのロールドオーツをさらに調理しやすく加工したものがクイックオーツ、ロールドオーツを一度調理し、乾燥させたものがインスタントオーツ。これらのロールドオーツは簡単に、すばやくオートミールを作ることができるわけですが、一説には風味と栄養価が損なわれるとされています。

イングランド北部、南ヨークシャーのシェフィールドにほど近い村、ハザセッジを舞台にして描かれたシャーロット・ブロンテの名作『ジェイン・エア』にもポリッジは登場しています。ローウッド学院で暮らすジェインら生徒たちが、ポリッジが焦げて、あまりにまずそうだったために食べられないという場面です。

その様子を見た、優しいテンプル先生がチーズつきパンを生徒たちに与えるのですが、背景となっているビクトリア時代にあって、ブリテン島北部の貧しい土地柄の様子がそこに見られるようです。先生が与えたパンは白いパンではなかったことでしょう。ブリテン島では、南半分の地域しか小麦栽培ができないのです。何世紀にもわたって「白いパン」、つまり精製した小麦粉で作ったパンは社会的地位の高さを表わすものでした。

一般に広く白いパンが口に入るようになるのは十八世紀末以降で、特に十九世紀後半にアメリカ合衆国やロシアから、大量の小麦と小麦粉が輸入されるようになってからのことでした。それ以前のブリテン島ではライ麦、オーツ麦、大麦が主要穀物でパンもこれらの麦で作られていたので、真っ白ではありませんでした。

食堂は天井が低く、暗くて大きな部屋だった。細長い二つのテーブルでは、何か熱いものの入った鉢から湯気が立っていたが、愕然としたことにその匂いは、食欲をそそるには程遠いものだった。それを食事としてあてがわれるはずの生徒たちの鼻にその匂いが届くと、みんなの顔に不満の色が浮かぶのがわかった。列の先頭にいる、背の高い最上級生たちの間にささやきが広がった。

「ああ、いやだ、お粥がまた焦げてる」

（略）

わたしが気が遠くなりそうなほど空腹だったので、味のことなど考えもしないで、与えられたものを一さじ、二さじと、むさぼるように食べはじめた。

シャーロット・ブロンテ／訳・河島弘美『ジェイン・エア』（岩波文庫）より

ドライフルーツなどをトッピングしていただくポリッジ

現代風に電子レンジで調理したポリッジ。しっとり美味しい

オートミールで作るイギリスの伝統的なお菓子「フラップジャック」

ヨークシャーのリッポンにある広大な小麦畑

オートミールとポリッジがしばしば混同されることがありますが、オートミールはポリッジを作る材料の代表的なものであり、すべてのポリッジがオートミールというわけではないのです。ポリッジはホット・シリアルとも呼ばれ、いろいろな種類の乾燥した穀物または、野菜で作られるもので、水や牛乳でやわらかく煮たものを指します。つまりアメリカで使われるトウモロコシ、そして日本のおかゆもポリッジということになるのかもしれません。

有名なナーサリー・ライムに「pease porridge hot」（熱いエンドウ豆のポリッジ）という手合わせ唄がありますが、これも、ポリッジといっても、エンドウ豆をやわらかく煮たもの、豆のポリッジです。

ローラ・インガルス著の『大草原の小さな家』では「Bean Porridge hot」と歌って遊んでいる様子が描かれる場面があります。実際にローラたちはpease（エンドウ豆）ではなく、bean（インゲン豆）で作ったポリッジを食べていたようです。開拓時代の貧しい土地で、収穫されたのがインゲン豆だったのでしょう。

ミス・マープルが活躍する『バートラム・ホテルにて』『鏡は横にひび割れて』でオートミールと訳されているものは、原書の英文では実はCereal（シリアル）と書かれています。

ポリッジは先ほども書いたようにホット・シリアルと呼ばれることがあることを知ると、その意味合いがわかるような気がしますが、一方、シリアルとは、トウモロコシや麦などの穀物の総称。語源は、ラテン語で「豊穣の女神セレス（Ceres）の」を意味する「Cereālis」の意で、穀物を加工して、そのままでも食べられるようにしたもの。コーンフレーク、オートミールなどのシリアル食品があります。おそらくミス・マープル作品の場面では、二番目の

ミス・マープルは朝食を注文した。紅茶、ポーチド・エッグに焼きたてのパン。まことに気のきいたメイドで、オートミールとかオレンジジュースなどはいかがとはおくびにも出さなかった。

五分後に朝食が来た。使いごこちのいいトレイにふっくらした形のティーポット、濃い感じのミルク、熱い湯を入れた銀製のポット。トーストの上に、見事な形のポーチド・エッグがふたつのせてあり、そのゆでぐあいもほどよかった——ブリキの筒で型をとったこちこちの小さいやつではない。それにバターの丸い大きなひとかたまり。ママレードにハチミツにイチゴジャム。

訳・乾信一郎『バートラム・ホテルにて』（ハヤカワ文庫）より

意味、シリアル食品のことを指しているように思われます。

イギリスの朝食では、トーストを食べる前の前菜のように、シリアルを食べるのが習慣です。そのシリアルにはいろいろな種類があって、家族のなかでもそれぞれがお気に入りのシリアルがあるのです。イギリスのスーパーに行くと、棚にずらっと並ぶシリアルの箱の多さに驚くはずです。

私が親しくしていたクック家ではシリアルは、オーツ麦の精製過程でできるふすまで作るオールブランが定番でしたが、寒くなるとご主人のアーサーさんが朝食にポリッジを作っていました。小さな鍋にお湯を沸かし、オートミール、塩を加えて、絶えずかき混ぜながらやわらかくなるまで煮るのです。それを器に移し、牛乳と三温糖をかけて食べるのが習慣でした。アイルランド出身のアーサーさんにとって、それは懐かしい故郷の味わいだったのかもしれません。熱々のポリッジを美味しそうに食べる姿が亡くなった今でも思い出されます。

サセックス地方に住む知人のお宅でもご主人がポリッジを作ってくれました。こちらはひと晩水につけておいたオートミールを、そのままボウルごと電子レンジで調理する今風なやり方。これが想像以上に美味しく、まるで鍋で煮たかのようなしっとりとしたできあがりには驚きました。

私の手元には、スコットランドの旅で購入した、オートミールを煮るときにかきまわす木の棒のようなものがあります。spurtleあるいはtheevilとも呼ばれる道具ですが、なんでも簡略化される今の時代だからこそ、こんな道具を使ってゆっくりと鍋で煮たオートミールを味わいたいものと思っています。

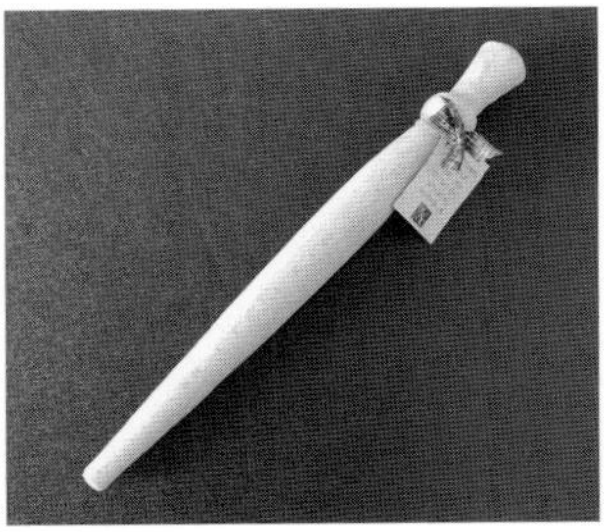

オートミールを煮る
ときにかきまわす棒

Murder in the Mews

「厩舎街の殺人」

ごちそうオムレツ

オムレツというと、朝食に食べるものという強いイメージがあります。イギリスでももちろんゆで卵、ポーチドエッグ、スクランブルエッグ、目玉焼きと並ぶ朝食のメニューではありますが、このミステリーで、ポアロとジャップの食事の相談に出てくるように、一品料理としてカフェやレストランの昼食や夕食のメニューに載ることもあるのです。

このことに驚いたのは、友人のイアンさんの誕生祝いに彼の両親と一緒に小さなレストランで昼食を楽しんだときのこと。メニューのなかに、ローストビーフのヨークシャー・プディング添えという典型的なイギリス料理と並んで、チーズオムレツがあったのです。

私は興味津々でチーズオムレツを注文してみました。イギリスのオムレツはくるくると巻き込んで作るものではなく、平たく焼いて、半円になるよう中央からパタンと折りたたんで作るタイプ。注文したチーズオムレツも、卵を四個くらい使ったのではないかと思うほどボリュームたっぷりの大きなもので、中にはチーズがとろけてこれもたっぷりと入っています。

オムレツのような卵料理が肉料理に匹敵するものとして今もなお扱われているのは、歴史的なこととともかなり関係がありそうです。そもそも卵が料理に使われるようになったのは、

「厩舎街の殺人」
一九三七年

ガイ・フォークス・デイの夜、花火と爆竹の音が鳴り響く厩舎（ミューズ）街を歩いたポアロとジャップ警部は、翌日、その厩舎街で若い未亡人が自殺していたことを知る。しかも自殺には不審な点が多かった。未亡人と同居していた娘は、ユースタス少佐が未亡人を脅迫していたと訴えるが……。

中世のこと。肉やスパイスが特権階級の贅沢な食料であったのに対して、卵や牛乳、チーズなどの乳製品は〝白い肉〟と呼ばれ、庶民の大切なタンパク源でした。

卵の種類も豊富だったようで、ニワトリだけでなくアヒル、ガチョウ、海カモメ、白鳥やクジャクの卵までも食用にしていたというのには驚いてしまいます。アヒルやガチョウは今も飼育している農家は多く、その卵を料理に使っているようです。実際私がホームステイをしたジルの家では、ガチョウを飼っていたので、鶏卵の六～七倍もある大きな卵でオムレツを作ったりしていました。少し匂いが強いものの意外と美味しかったことを覚えています。

卵の料理としてはまず中世の終わりにポーチドエッグが作られるようになり、オムレツが焼かれるようになったのは十七世紀のこと。パンケーキのように平らで、両面に焦げ目をつける作り方になり、イギリスのオムレツは今もそのままに作られ続けているわけです。

食べ物が豊かになっても、卵がなければケーキもビスケットも作れません。オムレツの要領で、かたく泡立てた卵白を卵黄に混ぜたものをフライパンに流して焼き、イチゴジャムなどをはさんだものはデザート用のオムレツとして有名で、粉砂糖で白くお化粧すれば、簡単にできてしまうものの、豪華なひと品となります。オムレツケーキとして売られている、丸くて薄いスポンジに生クリームで和えたフルーツなどを包んだものは、おそらくこの甘いオムレツから生まれたお菓子なのではないかと思うのです。

『マギンティ夫人は死んだ』でオムレツの作り方を教えていたくらいオムレツにもこだわりのあるグルメのポアロですが、注文したマッシュルームのオムレツは、はたしてイギリス風でも満足したのでしょうか。

「あんたにしちゃあ上出来だよ！ ほんとに、大したもんだ（ユー・テイク・ザ・ケイク）！ さ、飯でも食いに行こうか？」

「いいとも。しかし、ケーキはごめんだぜ。まず、マッシュルームのオムレツ、仔牛肉のホワイトシチューにグリーンピースのフランス風。それから……次は……ババ・オ・ロム（ラム酒に漬けた乾ブドウ入りのカステラ）といこう」

「あんたのお好きなように」とジャップはいった。

訳・小倉多加史「厩舎街の殺人」（『死人の鏡』ハヤカワ文庫）より

アンティークの楽しみ

『予告殺人』

A Murder is Announced

どんな小さな村にでも必ずひとつはあるのがアンティーク店とまでいわれるほどに、イギリスの人たちの暮らしと切っても切り離せないのがアンティークです。

田舎の小さな村のアンティーク店は、店主が好きな物を集めて並べているような店が多く、たいてい通りすがりに誰でも掘り出し物がないかすぐに見られるように、通りに面したガラス張りのケースに品物をこまごまと並べています。

このミステリーのなかで、うっとりした目つきでウィンドウに見入るミス・マープルの姿に、イギリス人ならたいてい自分の姿を重ねてしまうに違いありません。

今でこそ、私もアンティーク店があればそれを見ずに通り過ぎることはできないほどのアンティーク好きになってしまいましたが、イギリスで暮らしてみるまではまったくそうした興味はありませんでした。日本でいうアンティーク、骨董品というとよほど高い値段のものでない限りはただの古いものというイメージしかありませんでした。

しかも実際に使うには修理をしたり、磨いたり、かなり手をかけなければならない古道具ばかりと思い込んでしまっていたところがあったのです。

『予告殺人』
一九五〇年

チッピング・クレイグホーン村のローカル新聞に、ミス・ブラックロックの館でこれから起きる殺人に村人を招待する広告が掲載された。好奇心にかられて館に集まった人々が目撃したのは、本当に殺人だった……！　村を訪れたミス・マープルが大胆不敵な予告殺人の謎を解く。

ところがイギリスのものはだいぶ違っていました。アンティーク・フェアにはよく行ったものですが、そこでは張り替えをしなければ使えない椅子や、額縁を換えなければならない絵や、引き手をつけなければならないタンスなどもたくさん売られてはいました。でもアンティーク店では小さなナイフ一本からよく磨き込まれているので、買ってすぐにでも使える状態で売られているのです。私も今では旅をしながらでもアンティークには目を光らせているので、どこの町のこのアンティーク店という、自分好みの店のリストがだいぶ増えました。

銀食器で質のよいものが欲しいときは、バースにある専門店。ここではビクトリア朝時代のスパイス入れを買いましたが、背広姿の店主がきちんと応対してくれ、しかも知識が豊富で、いろいろと教えてもらえるのもうれしいものでした。また、バンバリーにあるアンティーク店は私の大好きな店で、ロイヤル・ウースター社のポプリポットを買ったり、母貝の持ち手のケーキナイフのセットを買ったり、今では宝物となっている物を手に入れました。この店主の趣味が私の好みと似ているのか、立ち寄れば必ずひとつは欲しいものが見つかりました。結婚して住んだウィンブルドンではローラさんという同世代のアンティークディーラーと親しくなり、今愛用しているバーナード社の純銀ティーポットやケーキスタンドなど娘にまで譲れる価値のあるものを買いそろえることができました。時と人との出会いによって私の手元に来たものたち。一期一会という言葉がアンティークにも当てはまります。

お金では買えない「時」を秘めたものを手にすると、昔の心豊かな生活までよみがえり、日々の生活が愛おしく、一瞬一瞬を大切に過ごしたくなるのです。

マープルは牧師館から出てきて、メイン・ストリートにつづいている小径をおりていった。彼女はジュリアン・ハーモン師の太いトネリコのステッキのおかげで、らくに歩いていた。

彼女はレッド・カウと肉屋の前を通って、エリオットのアンティーク・ショップのウインドウを覗くのにちょっと立ちどまった。このウインドウは〈ブルーバード〉という喫茶店とうまい具合に隣り合わせになっていた。というのは、たとえば自家用車をもっているような金持ちが、うまいコーヒーと明るいサフラン色のホームメイド・ケーキでも食べようかと足をとめたときに、エリオットが頭をしぼって設計したショー・ウインドウに誘われるといった仕組みになっていたからである。

訳・田村隆一『予告殺人』（ハヤカワ文庫）より

バンバリーにあるアンティーク店で購入したロイヤル・ウースター社のポプリポット

マープルがアンティークにうっとりと見入る場面に出てくるのが「明るいサフラン色のホームメイド・ケーキ」。サフランの採れるコーンウォール地方で生まれた伝統菓子、サフラン・ケーキ

イギリスの田舎のアンティーク店のウィンドウ

「ヘイムズさんはリンゴ園にいますよ。リンゴを落とすにゃあ若いもんでいいからね」なるほどリンゴ園に行くとフィリッパ・ヘイムズがいた。初めに目に入ったのは、樹の幹の下を身軽に動いている、形のよい二本の脚だった。

訳・田村隆一『予告殺人』(ハヤカワ文庫)より

リトル・パドックス館のリンゴ園を思わせる、ナショナル・トラスト所有の庭園、Coteheleにあるリンゴ園

収穫したリンゴでサイダーを作るための搾り器まで古いものが残っている

The World's End

「世界の果て」
ミント好きなイギリス人

このミステリーに登場する、名女優が大好きなお菓子が、ペパーミント入りチョコレート。甘みとすっきりさわやかなミントとの組み合わせは、イギリスではチョコレートに一番多く見られるでしょうか。

「アフターエイト」のようにチョコレートの間にミント味の白いクリームがはさまっているもの、ビューウィックス社が発売しているような、チョコレートのなかに混ざり込んだミントの粒が、ぶつぶつと歯にあたるもの、といろいろです。

『ハリー・ポッター』の百味ビーンズにもペパーミント味がありますね。

そういえば、イングランド北部の湖水地方に古くから伝わる「ミントケーキ」もありましたっけ。これは、砂糖にミントを加えて練り込み、それを薄い板チョコレートのような形にまとめたもので、その甘さといったら大変なもの。歩いて湖水地方を越えなければならなかった時代から、その疲れを癒す甘みとして親しまれてきたものです。

ミントには、代表的な種類としてスペアミントとペパーミントがあげられます。菓子類には、ぴりっとした爽快感のあるペパーミントが好まれるようです。それに対してスペアミン

「世界の果て」
一九五〇年

リース公爵夫人のお供でコルシカ島に来たサタースウェイト氏。そこで夫人の遠戚の娘、ネオーミに会う。ネオーミを誘い、ドライブに出発した夫人とサタースウェイトの三人は、到着した村でクィン氏と名女優のミス・ナンとも遭遇する。ネオーミが〝世界の果て〟と呼ぶ場所で明らかになった重大な真実とは？

トは、甘さを含んだ味とでもいえばいいでしょうか。別名ガーデンミントとも呼ばれ、古くから畑で栽培して料理に使われた歴史があります。その葉で作るミントソースはその代表といえるかもしれません。スペアミントは、「ラムミント」という別名も持っているのです。

「ラムにはミントソースでなくちゃ」

そういいながら庭から摘んだばかりのミントを刻むリタの声が今にも聞こえてくるようです。クック家で過ごしたイギリスで迎える初めての日のことです。ミントソースっていったいどんなソースなのかしら、と興味津々の私のそばでリタはミントを刻みはじめました。「とっても簡単なのよ」とリタ。細かく刻んだミントをボウルに入れ、グラニュー糖を少し加えてよく混ぜたら、熱湯を少量加えてグラニュー糖を溶かします。そこにワインビネガーを加えてのばせばできあがり。鍋も火も使わずにできてしまう、ソースといってもミントのドレッシングのようなさらっとしたものです。

オーブンでは大きなかたまりのラム肉が焼けるいい匂いがキッチンにたちこめます。ご主人のアーサーが切り分けてくれたローストラムにミントソースをかけていただくと、さわやかなミントの香りがラム肉の風味と意外にもぴったり合って不思議な美味しさなのです。

料理の本で調べてみると、このソースの歴史は古く、はるか古代ローマにまでさかのぼるとのこと。イギリスを征服したローマ人がこのソースを伝えたといいます。

家庭に招かれても、レストランでもラム肉のローストにはこのミントソースが添えられることが多く、その古い歴史を味わうことができるのです。

「あの女は食い物のために生きてるんだ」と、ヴァイズ氏がつぶやいた。「食い物のこと以外は、なにも考えられないんだ。〈海に乗りゆく人〉のときだったよ――ほら、〝楽しく静かなときを過ごしますわ〟ってところで、どうしても狙ってる効果が出せなくてね。ついにあの女に、ペパーミント入りのチョコレート菓子のことを考えてみろと言ったんだ――彼女はあの菓子が大好きでね。すると効果はてきめんだった――心の奥にぐっとくる、遠くを見つめる目をしたんだ」

訳・嵯峨静江「世界の果て」（『謎のクィン氏』ハヤカワ文庫）より

ミントケーキ。1953年、ヒラリーとテンジンがエベレスト初登頂した際にもロムニー社のミントケーキを持参していた

1880年創業、現存する最古のミントケーキの老舗、Quiggin's社。ケンダル（kendal）とは湖水地方の町の名前

イギリスの庭に育つミント。ミントは夏に愛らしいピンクの花が咲く

鉢植で育てているオーデコロンミントの葉

みすぼらしく、狭苦しい店だった。数冊の安っぽい雑誌ときのうの新聞が散らばり、どれも一日分の埃をかぶっていた。カウンターの後ろには天井までとどく棚があり、刻み煙草と紙巻煙草のパックが積まれていた。ペパーミント入りキャンディと大麦糖の飴がそれぞれ入っているガラスの広口瓶があった。どこにでもある、ありふれた小さな店だった。

訳・堀内静子『ABC殺人事件』（ハヤカワ文庫）より

ラム肉のローストといえば、ミントソースを添えるのがイギリス流

ラム肉に添えるミントソース。甘酸っぱくてさわやかな香り

1962年から販売されているイギリスのミントチョコレート、アフターエイト。昔ながらの製法で人工色素、甘味料、保存料は使用されていない。ミントはウエストヨークシャーで生産されているものを使っている

ミントが大好きなイギリスの人々は庭でもミントを育てている

たしかに、英国には帰るのが嬉しくなるものがたくさんある。バスルーム、アーム・チェア、ラム料理にかけるミント・ソース、おいしく料理した新じゃが、こんがり焼けたパン、ママレード、本物のホップが入っているビール――買える金さえあれば、こういうものはみんなすばらしい。英国は、貧乏でさえなければとてもいい国なのだ。

ジョージ・オーウェル／訳・小野寺健『パリ・ロンドン放浪記』（岩波文庫）より

Sparkling Cyanide

『忘られぬ死』

記憶の象徴、ローズマリー

これがマンネンロウ（ローズマリー　※筆者註）、思い出の花。
ね、お願い、私を忘れないで

（シェイクスピア『ハムレット』）

狂ったオフィーリアが、手に花を持って現われ、兄のレアティーズをハムレットと見まちがったのか、つぶやくセリフです。

シェイクスピアも象徴的にローズマリーを用いていますが、これにはローズマリーのハーブとしての薬効が古くから知られていたことがわかります。苦みのあるような、薬臭いともいえるローズマリーの香りには、古くから記憶力、思い出の力を強めると、昔の本草学者は述べ、そこから「思い出、記憶」のシンボルとなったのでした。亡き人を「忘れずに」しのび続けるようにという意味合いを込めて、弔いにも用いられたのは、その理由からなのです。

さて、『忘られぬ死』では、主人公であるアイリスの姉がローズマリーという名で登場します。遺産を相続し、大金持ちとなった彼女が、誕生パーティーで毒を飲み、亡くなってから

『忘られぬ死』
一九四五年

出会う人をみんな虜にしてしまう美女、ローズマリーは一年前の誕生パーティーで自殺した。なぜ彼女は自ら命を断ったのか？　ローズマリーの莫大な財産を相続することになった妹のアイリス、夫だったジョージ、友人のファラデーら六人は、今もローズマリーのことを考えていた。彼らが再び一年前と同じ場所に集まったとき、新たな悲劇が起きる……！

ミステリーは展開をはじめます。その彼女の死後、ローズマリーという名前にかけて、先述した「思い出、記憶」といった意味をだぶらせた描写が作品を通して出てくるのです。

アイリスの誕生パーティーに、夫のジョージは妻が亡くなった場所であるレストランを再び予約し、テーブルにローズマリーの枝を置くように頼むのが、この場面。そして乾杯の席でジョージはこういうのです。

「ローズマリーが完全に忘れさられたとも思いたくないのです。わたしはみなさんに、彼女の思い出のために乾杯していただきたいのです——思い出のために」

同じ場所で死んだ妻を思い出してもらうために、テーブルにローズマリーを飾ったというわけです。ジョージが、妻の死が殺人によるものと気付きはじめ、その死が自殺として忘れ去られてはいけないと思っていたことを表わしている場面です。

ローズマリーは、冬にも緑の葉を保ち続ける常緑性の灌木で、常緑の植物には、永遠の生命や魔除けの力が宿るという常緑信仰から、クリスマスの飾りにも使われました。その花は、聖母マリアの清らかさが映ったといわれる水色です。

花瓶に生けたローズマリーに時期はずれの変化があり、ある登場人物に幸せが訪れたこと、そしてクリスティーがローズマリーにまつわる言い伝えを知っていて作品を書いたことがわかるのが、終わりの場面です。

「それから、あれは置いてくれたかい——ローズマリーは？」

「はい、ミスタ・バートン。しかし、あれだけではいささかさびしいような気もいたしますが。赤い実をつけた木をところどころに添えてみるというのはいかがでしょう——あるいは菊でも？」

「いや、ローズマリーだけでいい」

「わかりました。献立をごらんになっていただきましょうか。ジュゼッペ」

チャールズが親指をぱちんと鳴らすと、愛想のいい小柄な中年のイタリア人が姿をみせた。

訳・中村能三『忘られぬ死』（ハヤカワ文庫）より

六人が再び集まる晩餐のメニューのメイン料理は舌平目。庶民的な食事にはタラやニシン、高級なごちそうには舌平目が登場することが多い

物語の謎を解く鍵となるのは料理用のチェリー「モレロ・チェリー」

ウェールズのウェンディ・ブランドンさんの、モレロ・チェリーで作られたジャム

ウェールズのPemsにあるウェンディ・ブランドンさんのジャムの店

　チャールズが親指をぱちんと鳴らすと、愛想のいい小柄な中年のイタリア人が姿をみせた。

「ミスター・バートンの献立表を」

　献立がとどいた。

　牡蠣、コンソメ・スープ、ルクセンブルク特製の舌平目、ポアール・エレーヌ（梨のバニラ・シロップ煮にチョコレート・ソースを添えたもの）、チキン・レバーのベーコン焼き。

　ジョージは、さほどの関心もなさそうな眼でメニューをながめた。

「よし、これでけっこうだ」


訳・中村能三『忘られぬ死』（ハヤカワ文庫）より

そのとき、アンソニーの表情がかわり、急にまじめな顔になった。アンソニーはアイリスのかたわらにある小さな花びんに手をやったが、そのなかには、ふじ色の花をひとつつけた灰緑色の小枝が一本さしてあった。

「こんな季節に花なんかつけて、いったいどうなってるんだろう？」

「ときたまあるのよ――変わりものの小枝にはね――秋でも気候があったかければ」

アンソニーはその小枝をガラスの器から抜きとって、しばらく頬にあてていた。眼をそっと閉じると、眼のまえに、豊かな栗色の髪や、笑っている青い瞳、紅い情熱的な唇が……


訳・中村能三『忘られぬ死』（ハヤカワ文庫）より

水色の花をつけたローズマリー。マドンナブルーといわれる清らかな花をつける

デヴォン州のバックランド・アビーの敷地内にあるB&B（サイダーハウス）の玄関先に育つローズマリー

ローズマリーを使ったクリスマス用のキャンドル飾り

アイリスがまだ幼い頃、ミルクに浸したパンを食べている。イギリスのミルクは濃厚で美味しい

Hickory Dickory Dock

『ヒッコリー・ロードの殺人』

四角いクランペット

イギリスでは冬のお茶の時間に昔から欠かせなかったのがトースト。トーストというと私たちには朝食に食べるものという固定観念がありますが、イギリスでは朝食ばかりでなく、午後のお茶の時間のメニューにも登場するのです。

なぜ冬にトーストが楽しまれるかというと、それは暖炉の薪や石炭の火でみんなでトーストしながら食べる、という楽しみがあるからです。

このとき、トーストするパンとして登場するのが、マフィンとクランペット。

もちろんスライスしたパンも使いますが、このマフィンとクランペットは朝食には登場しない、お茶の時間のためのパンといえるようです。

クランペットは日本ではお目にかかる機会がないので、どんなものか想像もつかないことでしょう。

このミステリーには四角いクランペットなるものが出てきますが、たいていは丸い形をしています。長年イギリスに行ったり住んだりしてきましたが、四角いクランペットは一度も見たことがありません。

『ヒッコリー・ロードの殺人』
一九五五年

ポアロの秘書、ミス・レモンの姉が寮母を勤める学生寮で盗難事件が起きる。ミス・レモンに相談を受けたポアロがロンドンのヒッコリー・ロードにあるその寮へ行ってみると、盗難品は石けんや電球、スカーフ、料理の本など、関連性がなく盗む価値のないものばかり……。ところがポアロは「ただちに警察をよぶべきです」と警告する。その直後、ポアロの助言もむなしく殺人事件が起きる……！外国人留学生だらけの学生寮で何が起きていたのか？

ロンドンの正方形の部屋の、四角い暖炉の前にある四角い椅子に座って、「この建物には左右対称のすばらしい心地よさがありますよ。そう思いませんか」（『ＡＢＣ殺人事件』）と述べ、卵も焼き菓子も四角を理想とするポアロのために、執事のジョージが特別に四角形に焼いているのではないでしょうか。

クランペットは、イースト菌を入れて発酵させた生地を（とはいえホットケーキのようなゆるいタネ）、熱した厚い鉄板の上に七〜十センチのリング型を並べて、そのなかに流し入れて焼きます。

火が通るにつれ、上面いっぱいに穴がブツブツあいてきて、裏面はただきつね色に焼き上がりますが、このブツブツが蜂の巣を思わせ、塗ったバターをよくしみ込ませる役割にもなっているようです。

シコッとした、何ともおもしろい歯ごたえがあって、一度食べるとやみつきになってしまいます。イギリスではスーパーでも袋詰めされたクランペットがパンの棚に並んでいますので、私もイギリスに住んでいるときには手軽に買ってきて楽しみました。

クランペットの語源はウェールズ語 crempog で、パンケーキの意味だそうですから、イースト入りパンケーキといったところでしょうか。

このミステリーの事件のはじまりは二月末でした。焼きたてのクランペットは、真冬のイギリスにおいてさぞやシャープ警部を喜ばせたことでしょう。

さて、マフィンはというと、この語源は古代フランス語 moufflet で「やわらかいパン」という意味。イースト入りパン生地を手で円形に丸めて、天火ではなく、クランペット同様、グ

完璧な召使のジョージと、完璧な秘書のミス・レモンの二人のおかげで、彼の生活は最高の順序と方法が保たれていた。いまやホットケーキ（クランペット）は丸くも四角にも焼かれて、彼は何一つ苦情をいうべきことがなかった。（略）

五時の間食は、一日のうちの最高の食事である夕食の味覚を減殺するという理由で反対を唱えていたポアロも、このごろではすっかりそれに慣れてしまっていた。

臨機応変の才のあるジョージは、この際は濃いインド茶と大きなカップに加えて、バターをたっぷり使った四角な熱いホットケーキと、パンとジャムと、干しブドウのどっさり入った大きな角切りのケーキを給仕した。

訳・高橋豊『ヒッコリー・ロードの殺人』（ハヤカワ文庫）より

リドルと呼ぶ鉄板の上で、両面はこんがり、中はふんわりやわらかく焼き上げます。マフィンというとアメリカ風のカップ型で焼いた甘いケーキタイプのものも指すことがあるので、混乱を招きがちですが、イギリスのマフィンは焦げ目のついた平らなパンといったようなものです。

このマフィンにも食べ方があって、私たちがよくやるように初めからふたつに割ってトーストしてはいけないようです。

ふたつに割ってもそのまま離さずにトーストして、熱いうちにその割ったところをあけて、バターをのせます。

食べるときはふたつに分けて、それぞれにジャムや蜂蜜をのせ、ナイフとフォークで切りながらいただくのが正統派。

田舎のアンティーク店に行くと、今でもトースト用の鉄製の長いフォークが売られています。クランペットやマフィンを刺して暖炉の火であぶりながらトーストして食べるための道具です。手にやけどをしないよう、柄が長いのが特徴です。

イギリスの作家、フィービ&セルビ・ウォージントンの絵本『パンやのくまさん』にはこのトースト用の長いフォークを使ってクランペットを暖炉であぶるくまさんの姿が描かれています。テーブルにはジャムや蜂蜜が用意されて、イギリスの冬のお茶の時間そのものの光景が描かれています。炎の焦げ目が醸し出す美味しさがごちそうでもある、こんな温かい雰囲気の冬のティータイムこそ、私の永遠の憧れです。

フィービ・ウォージントン、セルビ・ウォージントン／訳・間崎ルリ子『パンやのくまさん Teddy Bear Baker』（福音館書店）

一般的なクランペットは丸い

スーパーでも売られているクランペット

アンティークショップで売られていた、クランペットなどを刺して焼くフォーク

ロンドンのサンドイッチバー

「捜査はしましたが、どの程度の成果があったのか、わかりません。この向こうに、おいしいサンドイッチとコーヒーを出してくれる店があるんですが、もしお急ぎでなかったら、ごいっしょ願えませんか。ぜひお話ししたいことがあるのです」
　そのサンドイッチ・バーにはほとんど客がいなかった。二人は隅の小さなテーブルへ彼らの皿とカップを運んだ。

訳・高橋豊『ヒッコリー・ロードの殺人』（ハヤカワ文庫）より

Visit the Greenway

アガサ・クリスティーの家
～グリーンウェイを訪ねて～

『死者のあやまち』では、クリスティーがホリデー用として買い求め愛した家、グリーンウェイがナス屋敷という名前で作品の舞台となって登場します。身近な場所を作品に生かす彼女の特徴がよく表われているといえるでしょう。空っぽの毒薬の瓶が見つかったテニスコート、殺された少女が見つかったボートハウス、そのどれもがこの敷地内に実際に存在しているものです。かつてクリスティーは、このグリーンウェイを母と訪ねたことがあり、幼な心にダート川沿いで一番立派な家と記憶に残っていたのでした。憧れでもあったその家をクリスティーが自分のものにしたのは、一九三八年、彼女が四十九歳のときのことです。クリスティーと二番目の夫マックスは一九五九年までこの家をホリデー用の家として楽しみました。とくに二人は園芸に熱心で、この三〇〇エーカーもある敷地に数々の植物を取り寄せて植え込み、ワイルドフラワーの咲く時期などを記した花の日記をつけていたほどでした。

クリスティーは数か所に家を持っていましたが、それぞれに相続人を決めていました。このデヴォンの家は一人娘のロザリンドに残したものです。一九五九年にクリスティーは娘にこの家を譲り、一九六七年から二〇〇五年まではロザリンド夫婦と一人息子が住んでいまし

エルキュール・ポアロは、ナス屋敷の大きな鉄の門の前で、ちょっとたたずんだ。カーブを描いている車道にそって、彼は前方を見渡した。夏は過ぎ去っていった。木の葉がひらひらと、木木からしずかに舞いおちていた。すぐそばにある草でおおわれた堤も、ちいさな紅紫色のシクラメンの花の色にそめられていた。ポアロは溜息をもらした。このナス屋敷の美しさに、彼はすっかり魅了されてしまったのだ。

訳・田村隆一『死者のあやまち』
（ハヤカワ文庫）より

たが、二〇〇〇年にナショナル・トラストに権利を譲っています。その後、グリーンウェイはロザリンド夫婦が亡くなるとナショナル・トラストに受け渡され、二年余りの修復期間を経て二〇〇九年の春に一般に公開されることになったのです。二〇〇九年に私はどうしてもこの家が見てみたくて、デヴォンまで出かけました。前年の二〇〇八年に訪ねたときはあいにく修復の真最中、外壁の塗り替え用にホロが被されて家の様子は垣間見ることもできない状態でした。その代わり、準備のための作業小屋が建っていて、そのなかではどのようにナショナル・トラストがこうした家を修復し、所有物を整理していくか、というその過程の様子が見られるようになっていました。専門家が割れた紅茶カップひとつ、小さなブローチひとつに至るまでラベルを付けて、ていねいに作業する様子に、古いものを大切にするイギリス人の心に触れる思いがしたものでした。

そして一年後の二〇〇九年に訪ねてみると、その家はデヴォンの暖かい日差しにきらきらとクリーム色に輝き、優雅なたたずまいを見せていました。長年かなり傷んだ状態だったグリーンウエイが、クリスティーがこの家を買ったときのままによみがえったのではないか、と思えるほどにまぶしく輝いていました。

室内はできるだけクリスティーの時代のままにしつらえてあり、ホールには庭仕事用の麦わら帽子がまるで今も使っているように、そのままに置かれ、人前で弾くことはなかったというクリスティーのスタンレーのピアノもそのまま、見学者でピアノが弾ける人がいたら、弾かせてもくれるようになっています。クリスティーはピアノが大好きで、『スタイルズ荘の怪事件』での原稿料が手に入るとすぐにこのピアノを購入したとのことです。

で、わたしたちはグリーンウェイへ行ってみたが、家も庭もとてもきれいだった。ジョージ王朝時代の家で、一七八〇年から九〇年代のものであろう、林の下のダート川までずっとつらなっており、りっぱな茂みや木がたくさんあった——理想の家、夢の家だった。

訳・乾信一郎『アガサ・クリスティー自伝』(ハヤカワ文庫)より

1938年にクリスティーが購入したグリーンウェイ。新聞で偶然、売りに出されていることを知り、夫婦で見に出かけ夫の強いすすめもあって購入する

『死者のあやまち』にも登場するテニスコート。クリスティーは少女の頃からテニスやクローケーを楽しんだ

グリーンウェイの庭の道を飾る代表的な花、アジサイ

グリーンウェイに咲くウォール・ジェルマンダー。ハーブの一種で、かつてはノミよけや疫病よけに床にまいて使われた

第二次世界大戦中、グリーンウェイがアメリカ海軍に接収された際、マホガニー材のドアはとても気を配られ、艦長によってドア全体が合板で囲われた

クリスティーのピアノ。クリスティーはパリの学園に通っていた十代の頃、ピアノの勉強に真剣に取り組んでいた。しかしプロのピアニストになることはあきらめた

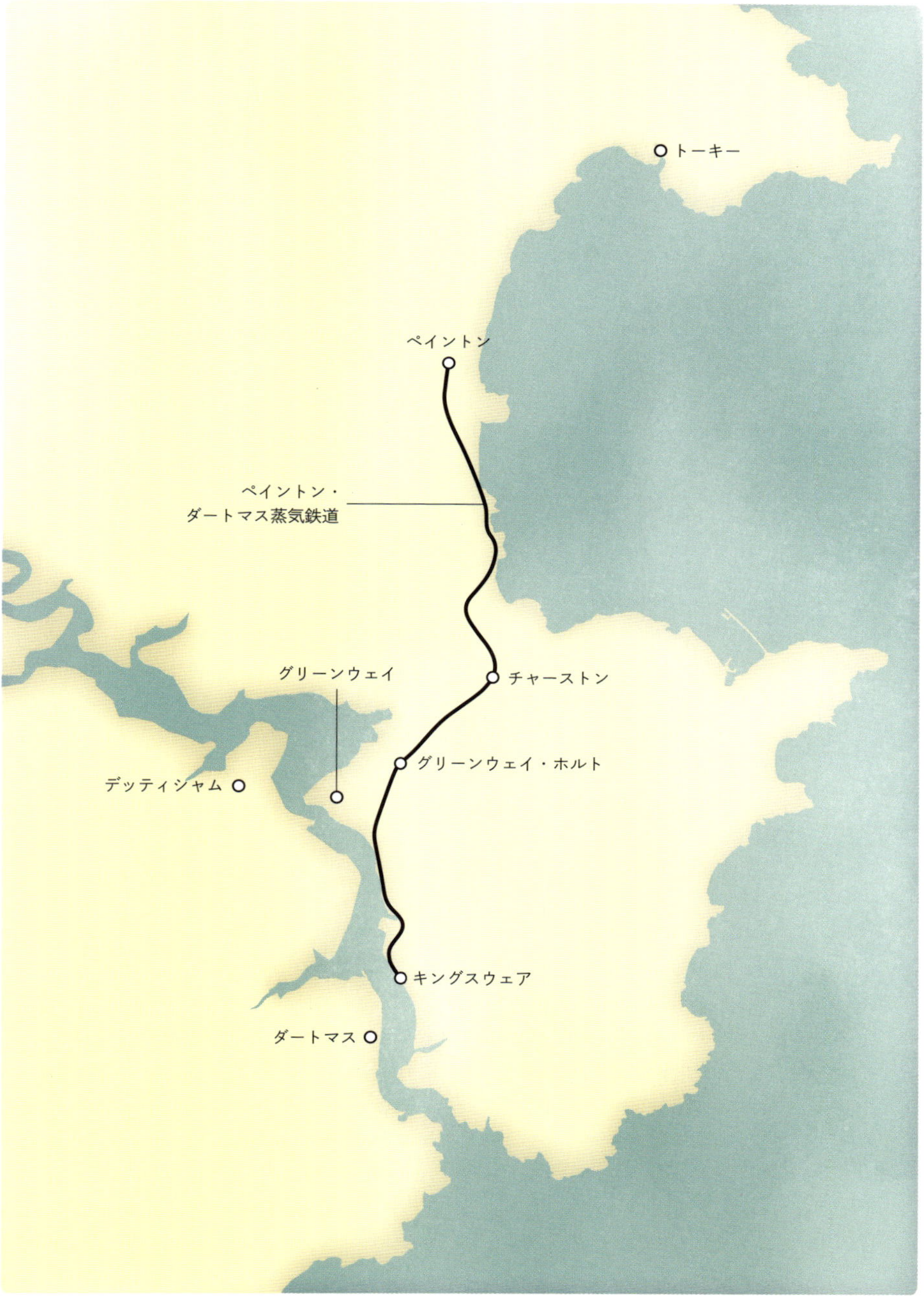
トーキー
ペイントン
ペイントン・
ダートマス蒸気鉄道
チャーストン
グリーンウェイ
グリーンウェイ・ホルト
デッティシャム
キングスウェア
ダートマス

グリーンウェイの周辺

グリーンウェイは、第二次世界大戦中アメリカ海軍に貸し出されたため、書斎にはその名残として海軍所属の画家が描いた壁画がぐるりと残っています。クリスティーはあえてこの絵を消すことをしなかったそうですが、それぞれの部屋をめぐっていると、かつての暮らしが身近なこととしてよみがえってくるようです。使いながら保存するというナショナル・トラストの考え方から、このグリーンウェイの二階以上にはホリデー用の貸し部屋が用意されています。私が訪れたときも宿泊者が利用しているということで、キッチンのすぐ横に作られた食品庫は見ることができませんでした。かつてクリスティーが暮らしていた頃の写真に見られるように、かごがいくつも天井からつりさげられているのが、ドアのガラス部分から垣間見ることはできましたが、私もいつかここに宿泊して、デヴォンの美しさを堪能したクリスティーの気分を味わってみたいと思っています。

次にグリーンウェイを訪れたのは二〇一八年の夏のことです。何度も訪れているグリーンウェイですが、このときはナショナル・トラストのスタッフであるローラ・クーパーさんの案内で開館前の静かな時間にキッチンやダイニングルームを中心にまわることができました。

キッチンにはアーガ・ストーブが置かれ（当時は今とは違い燃料は石炭）、クリスティーや家族が愛用した料理書が本棚に並び、食器の数々がキッチンを取り巻く棚にずらりと並んでいます。「料理を作っている時間が一番、本の構想が浮かぶ」とクリスティーは語っているように、料理好きの一面もわかります。館内に備え付けられた解説文には、食に関する貴重な記録が残っていました。一九七〇年九月十五日にグリーンウェイで行われた、クリスティーの八十歳の誕生日の食事会のメニューもそのひとつ。出席者のサインがありますが、そのなか

グリーンウェイの家にはわたし個人の戦争記念品がある。彼らが食堂にしていた書斎の壁のいちばん高いところにぐるっと、画家がフレスコ画を描いていた。それには彼らの小艦隊が航行した場所がすべて描かれていた——キー・ウェストを出航して、バミューダ、ナッソー、モロッコなど、そして最後は少々美化され誇張されたグリーンウェイの森と、木々のあいだに見える白い家で終わっている。

訳・乾信一郎『アガサ・クリスティー自伝　下巻』（ハヤカワ文庫）より

には、娘のロザリンド夫婦、孫であるマシュー・プリチャードの名前も見られます。

メニューは、「アボカド・ビネグレット、オマール・ア・ラ・クレーム、アイスクリームとブラックベリーのグリーンウェイ風」。クリスティーの二番目の夫、マックス・マローワンの甥、ジョン・マローワンによる記録では、クリスティーの好物はロブスターとブラックカラントのアイスクリームとあり、この誕生日の食事はこの日の主役の好物が用意されたことがわかります。そしてさらにジョン・マローワンによると、お酒の飲めないクリスティーは、クリームに同量の牛乳を加えたものを食事とともに楽しんでいたとのこと。それを入れていた愛用のガラス製のジャグは今もダイニングルームのテーブルに飾られています。自伝にも書かれているように、クリームをこよなく愛したクリスティーの好みはここにも表われているのかもしれません。グリーンウェイのダイニングルームには、クリスティーの好物であったロブスターの描かれた皿も飾られています。ここにロブスターをのせて味わい、楽しんでいたのでしょうか。私もセリアさんの住む村のパブ、ドレーク・マナー・インでシェフ自らプリマスの港で調達した新鮮なロブスターをゆでたものを味わいましたが、そのプリッとした身の美味しさといったら、クリスティーの好物であるというのも納得です。

ロザリンドの二番目の夫アンソニーが、植物を庭で育て販売するナーサリーを営んでいたこともあり、この館の庭はこの地方特有の、温暖な気候で育つ植物の豊富なコレクションとなっています。晩年になってクリスティーがこの家に住むようになってからは、いっそう庭での時間を多く持つようになり、現在の庭のたたずまいは二人の労力の賜物といえるでしょう。ツバキやモクレンのコレクションはとくに有名です。

ナンがトーキイのわたしの家に泊まっているときには、よく町の乳製品製造所へ行って、ミルクとクリームを半分ずつにして何杯も飲んだものだった。わたしがナンのうちに泊まっているときには、よくわたしたちは自家農場へ出かけていって半パイントのクリームを飲んだ。わたしたちはこの飲みっくらを生涯つづけた。わたしは今でも覚えているが、サニングデールで一カートンのクリームを買い込むと、ゴルフ・コースへやってきて、クラブハウスの外で、各自の夫がゴルフのラウンドを終わるのを待ちながら一パイントのクリームを飲んだものだった。

訳・乾信一郎『アガサ・クリスティー自伝　下巻』（ハヤカワ文庫）より

アメリカ海軍がグリーンウェイを接収したときに描いた壁画が今も残されている

キッチンのすぐ横に作られた食品庫の天井にはクリスティーの時代からかごがつりさげられていた

キッチンにあるアーガ・ストーブ。クリスティーの得意料理はチーズ・スフレ、ベアネーズ・ソース、シラバブなどだった

ルーシー・H・イエーツ、モーフィー夫人、キャサリン・アイヴスなどのレシピ本がある

クリスティーとマックスの夫婦は銀器のコレクションに力を入れていた

キッチンの棚にずらりと並べられたHicks & Meigh社のディナーセット（1806〜22年製造）

ミルクで割ったクリームを入れていた、クリスティー愛用のジャグ。お酒を飲めないクリスティーは、クリームをミルクで割って飲むのが子供の頃から好きだった

ロブスターが好物のクリスティーが愛用した皿。初めての出産のとき、つわりに苦しむ彼女のために夫が買ってきたのも高価なロブスターだった

ロイヤル・ウースターの皿を使ったダイニングルームのテーブル・セッティング。クリスティーと家族はここで食事を楽しんだ

ダイニングテーブルにセッティングされていた、限定5000枚のロイヤル・ウースターの皿。John.J.Audubonの水彩画を図案にしている

棚にずらりと並べられたマイセン磁器などのティーカップ

先史時代の考古学的に貴重なものをはじめ、多岐に渡る12,000点を超える夫妻のコレクションの一部

　グリーンウェイの庭に続く山道のような小道は歩いて回れるようになっており、『死者のあやまち』の殺人が起きたボートハウスまでは家からちょうどいい散歩道。いくつかビューポイントと呼ばれる眺めのいい場所もあり、のどかな景色も楽しめます。そこではこの眺めをクリスティーも楽しんでいたに違いない、と時を経ても変わらないその景色をいとおしく思う瞬間も味わえます。とくに戦争中の砲台が残るテラスでは美しい川を望む景色を楽しむことができ、クリスティーもお気に入りだったようで、『五匹の子豚』のなかにも登場していま す。ダート川の岸辺にあるボートハウスの建物は十六世紀からあり、ジョージ王朝後期からビクトリア時代の初期に今の建物として完成したもので、プールもある珍しいものです。満潮時に川から水を引いて使える仕組みになっていて、古くはリューマチの治療にも使われたとのこと。水浴びが流行したのはジョージ王朝後期からで、水遊びを終えてくつろぐためのサロン部屋がプールの上に作られていて、川にせり出したバルコニーと暖炉も備えた快適な部屋になっています。クリスティーはここでパーティーを催し、客人たちをバーベキューでもてなしたといいます。夏には川からのさわやかな風を受け、さぞや心地よかったことでしょう。ダートマスからは、ボートでこのグリーンウェイを訪ねることもできます。もちろん陸路でも訪ねることはできますが、川からの眺めを楽しみながらのボートの旅はなんとも心地いいもの。しかもこのボートハウス全景を見るには、ボートからが最高です。

　ボートハウスから川の対岸に見える村、それがディティシャムです。実はギッチャムの名前で『死者のあやまち』のなかに出てきます。グリーンウェイの船着き場から対岸に渡る船があるので、ディティシャムは気軽に訪ねることもできるのです。

「みなさま、いま、ギッチャムのすばらしい村までまいりました。ここで四十五分間休憩いたします。デヴォンシャー特産の特濃アイスクリームもありますが、蟹や海老でお茶を飲むこともできます。右手に見えますのがナス屋敷の庭園でございます。（略）昔は、アメリカ大陸へかの有名なフランシス・ドレイク卿とともに航海したガーヴァス・フォリアット卿の館でございましたが、現在ではジョージ・スタッブス卿の邸宅になっております。左手に見えますのが、グースエイカー岩礁でございます。そこでは、口のうるさい奥さんが、引き潮のときにその岩に置きざりにされて、水が頸のところに満ちてくるまでは許してもらえないという習慣がございました」

訳・田村隆一『死者のあやまち』（ハヤカワ文庫）より

ダート川の河口にある港町がダートマスです。イギリスではマスとつく地名が多くありますが、マスは「マウス」の意で、河口のこと。ダートマスはダート河の河口という意味があるのです。日本と同じ解釈です。

『死者のあやまち』のナス屋敷の主、ジョージ卿の夫人であるハティに会いに来た青年ド・スーザは、ヘルマスにヨットをつないで、そこから小型の船で川を上り、ナス屋敷までやって来ます。それを考えると、ヘルマスはダートマスがモデルになっていることがわかります。

私も家族とともにこのダートマスからグリーンウェイへのボート・トリップを楽しみました。ボートの出る橋桁《げた》では、親子連れが何やら一生懸命とっている様子。バケツのなかを見てみると、たくさんのザリガニ。夏の風物、ザリガニ釣りを楽しんでいたのです。

ホリデーを楽しむ家族たちのヨットが私たちのボートに手を振りながら追い越していったり、岸辺で魚釣りをしている人々がいたり、のどかな夏の光景が目の前いっぱいに広がり、心地いい風に吹かれてボートは川を上っていきます。ド・スーザもきっとこんな風景を楽しんだに違いありません。

このダートマスはカラフルな外壁に彩られたエリザベス一世時代の建物が丘に連なるように並ぶ愛らしい街。その街並みを眺めながら、ボートは進んでいきます。まるでおもちゃの家のような楽しさです。この街には『無実はさいなむ』や短編「レガッタ・デーの事件」にロイヤル・ジョージ・ホテルとして登場する「ロイヤル・キャッスル・ホテル」が今も港の近くに堂々とした姿で建っています。

ダートマスの対岸の町キングスウェアへは昔ながらの渡し船のようなフェリーが頻繁に運

「ド・スーザ？　ああ、よくおいでになった。ハティが今朝、あなたのお手紙をいただいたのですよ。あなたのヨットは？」

「ヘルマスにつなぎました。この船着場まで、ランチで河をのぼってきたのです」

「ハティを捜さなくちゃならん。ええと、このあたりにいると思ったが……私たちと一緒に夕食をしていただけますね」

「ありがとうございます」

「泊まってゆかれたらどうです？」

「ご親切はうれしいんですけど、ヨットで寝ることにしておりますから。その方が楽なんです」

訳・田村隆一『死者のあやまち』（ハヤカワ文庫）より

航しています。そのキングスウェアからはビクトリア時代に栄えたペイントンまで蒸気機関車が運行し、土地の人にとっての大切な足になっています。ポアロは三十分ほどのこの蒸気機関車の旅を少なくともクリスティーの全ミステリーを通じて四回は楽しんでいます。『ＡＢＣ殺人事件』で二回、『死者のあやまち』で二回です。鉄道が好きだったクリスティーはこの蒸気機関車を楽しんでいたといいますから、自分の書いたミステリーにも登場させたかったのでしょう。キングスウェアから煙をたなびかせながら、のどかな海辺を進んでいくこの蒸気機関車からの眺めのなんと美しいこと。その懐かしい雰囲気と合わせてクリスティーの世界がそこにあります。

ボートハウスの地下に作られたプール。満潮になるとダート川の水で満たされる

ボートハウスのプール。クリスティーは少女の頃から生涯、水泳を楽しんだ

ボートハウスに置かれた、読書を楽しむクリスティーのために作られた特製の椅子

ボートに乗ってダート川から眺めるボートハウス全景。『死者のあやまち』の殺人現場の舞台となった

グリーンウェイの対岸から見えるデッティシャムの家並。『死者のあやまち』に出てくる村、ギッチャムのモデルとなった

クリスティー作品にロイヤル・ジョージ・ホテルとして登場するダートマスのロイヤル・キャッスル・ホテル。17世紀の建物が使われている

ダート川で家族で釣りを楽しむ人々。ザリガニやカニが釣れる

ダートマスからキングスウェアへは橋がないので、人も車もこの渡し船を活用する

グリーンウェイ・ホルト駅のチケット売り場にあるクリスティーとポアロの看板。地元の観光名所となっていることがわかる

ポアロもクリスティーも乗ったペイントン・ダートマス蒸気鉄道

4.50 from Paddington

『パディントン発4時50分』

カモマイル茶とリンゴのメレンゲ

マギリカディ夫人はなんと殺人事件を目撃してしまったのでした。

それもミス・マープルを訪ねるべく乗った「パディントン発4時50分」の列車のなかから、偶然に並走した列車のなかで男が女の首をしめて殺しているところを窓から見てしまったのです。まだその興奮が冷めやらない友人に、夕食後にミス・マープルが用意する飲み物、それがカウスリップ酒とカモマイル茶でした。

カウスリップは黄色い愛らしい花で、和名はセイヨウサクラソウ。イギリスでは古くからこの花芽を摘みとってワインを作る習わしがあるのです。

春一番に野原に咲き出すこのベルの形をした花を摘んでワインに漬け込むなんて、なんと趣深いことでしょう。日本の摘み草の習慣と通じるところがあるようにも思えます。

ハーブの本をひもとくと、この花のワインは子供の病気に効くとあります。おなかが痛いときや夜泣きで困ったときに、お母さんがほんの少し飲ませる薬のようなものでした。

ミス・マープルも春に自分で摘んだカウスリップでこの酒を作り、戸棚にしまっておいたに違いありません。残念ながら、今ではイギリスでもこの花のワインを作ることは、オール

『パディントン発4時50分』
一九五七年

クリスマスまであとわずかの十二月、ロンドンへ買い物にやってきたミセス・マギリカディは帰りの汽車で殺人を目撃する。車掌や警察に訴えるものの相手にされず、途方に暮れて相談した友人、ミス・マープルが捜査に乗り出す……! マープルとともに、スーパー家政婦のルーシーが大活躍するシリーズ人気作。

ド・ファッションになってしまい、作る人はほとんどいないようですが……。

カモマイル茶もカウスリップ酒同様、古くから家庭薬として親しまれてきたもの。

これこそハーブティーの代表的なひとつです。化学薬品もなかった時代、人々の暮らしでは庭先で身近に育つハーブが唯一の薬でした。なかでもカモマイルは神経を鎮め、消化促進にも優れ、多くの薬効があるので昔から用いられてきました。

カモマイルという名は、ラテン語カマイメロンに由来しています。「大地のリンゴ」というその語源が物語るように、甘いリンゴのような香りが特徴。ひな菊のように可愛い花ですが、その中央の黄色い部分に薬効成分が秘められているといわれています。

この甘い香りのお茶は気分を鎮め、催眠作用があるので、ベッドに入る前に飲みます。ミス・マープルもこのことを知っているからこそ、マギリカディ夫人にこのカモマイルティーを入れて、よく眠れるようにと気付かっているのです。

ミス・マープルのこまやかな気働きは推理するときばかりではありません。むしろ、こうしたなにげない気働きができる教養を身につけているからこそ、優れた推理を働かせ、怪事件を解決できるのかもしれません。このカモマイルティーは、絵本『ピーターラビット』にも描かれています。怖い思いをして寝つかれないピーターに、お母さんウサギが飲ませるもの――それがカモマイルティーなのです。このお母さんウサギの姿こそ、イギリスの母親の姿そのもの。どこの家庭でもこんな風にカモマイルティーが飲まれ続けてきたことを物語っています。

ミス・マープルも、そんな昔からの民間療法を愛するイギリス婦人のひとりなのです。

二人はまた暖炉のそばに落ち着き、ミス・マープルは隅の戸棚から古いウォーターフォード・グラスを二個、別の戸棚からボトルを取り出した。

「今夜はコーヒーはなしよ、エルスペス」彼女は言った。「ただでさえ興奮しすぎているから（ふしぎはないけれどね！）きっと眠れないわ。わたしの作ったカウスリップ・ワイン（キバナノクリンザクラの花からつくる酒）を一杯お飲みなさい。それにあとでカモマイル・ティー（寝しなに飲むハーブ・ティの一種）ね」

ミセス・マギリカディがこの処方に応じると、ミス・マープルはワインを注いだ。

訳・松下祥子『パディントン発4時50分』（ハヤカワ文庫）より

カウスリップの花

カモマイルの花

クラッケンソープ家の広大な屋敷の台所にあるのはアーガ・ストーブ。調理用兼暖房用ストーブで1930年代頃から普及したとのこと。オックスフォード大学数学科を優秀な成績で卒業したスーパー家政婦のルーシーが、このストーブを使って、糖蜜タルトやローストビーフ、ヨークシャー・プディングなど美味しそうな料理を作る。クラッケンソープ家の次女夫婦の息子、アレグザンダーがルーシーにリクエストするのはリンゴのメレンゲ

「最高」アレグザンダーは言った。「学校の肉はひどいんだ、てんでぱさぱさしていて。中がピンクで汁気たっぷりな牛肉は大好き。あの糖蜜タルトもすごくおいしかった」

「何が好きか、教えて」

「いつかリンゴのメレンゲを作ってくれる？　ぼくの好物なんだ」

訳・松下祥子『パディントン発4時50分』（ハヤカワ文庫）より

リンゴのメレンゲ

ブラムリーを使ったリンゴのメレンゲ。
レシピは112ページへ

Recipe

リンゴのメレンゲ

Apple Meringue

材料 (800cc入る耐熱皿1個分)

ブラムリー……大2個(750g程度)
ブラウンシュガー……大さじ3
レモン汁……大さじ1
卵白……2個
グラニュー糖……100g

作り方

1. オーブンは180℃に温めておく。

2. ブラムリーは4つ割にして皮をむき、芯を取り、いちょう切りにして鍋に入れる。ブラウンシュガー、レモン汁を加えてよく混ぜてから弱火にかけ、ペースト状になるくらいまで火を通す。耐熱の容器に入れる。

3. ボールに卵白を入れ、電動ミキサーで角が軽くたつ程度まで泡立て、泡立てながら、グラニュー糖を3、4回に分けて加える。しっかりと角が立ち、つやのあるメレンゲにする。

4. 手順2のブラムリーの上に手順3のメレンゲをのせ、形を整える。ナイフなどを使って、表面に模様をつけてもいい。

5. あらかじめ温めておいたオーブンに入れ、20分ほど表面が薄茶色になる程度に焼く。

*ブラムリーは火を通すだけでとろけて、ペースト状になる。
*ブラムリーとはリンゴの種類のひとつ。140ページを参照。

Recipe

カモマイルティー

Chamomile Tea

カモマイルには2種類あり、甘みがあって美味しいのはジャーマン・カモマイル。
ローマン・カモマイルは、苦みが強く、薬効にすぐれているが、飲みにくいのでミックスして使うといい。効用としては、食欲促進、消化促進、発汗作用、鎮静作用、目の疲れなど。

作り方

4人用のポットで、ドライなら小さじ4杯。フレッシュな花なら12個くらい入れ、熱湯を注ぎ、3〜5分おく。

アレンジレシピ

眠りを誘うミックス＝カモマイルとリンデン（割合1：2）
※リンデンは菩提樹の葉

消化を助けるミックス＝カモマイルとディル・シード（割合1：2）

風邪に効くミックス＝カモマイルとセージ、タイム（割合1：1：2）

＊カモマイルの花をドライにするには、天気のいい日に花の部分を摘み取り、かごなどの上に重ならないように広げて、風通しのいい日陰に置いて乾かす。パリッとするまで完全に乾かすことがポイント。

「やあ、その脂は熱々だね。何を入れるんです？」

「ヨークシャー・プディングです」

「ヨークシャー・プディングか、いいな。伝統的英国のロースト・ビーフ。それが今日のメニューですか？」


訳・松下祥子『パディントン発4時50分』（ハヤカワ文庫）より

ローストビーフにヨークシャー・プディングは付き物

ローストビーフの焼き脂を熱したマフィン型に、ヨークシャー・プディングの生地を注ぎ入れてオーブンで焼くとシュークリームのように膨らむ

事件の発端となる列車が出発するパディントン駅。1854年に開設された

マイケル・ボンドの児童文学のキャラクター「くまのパディントン」の像が、パディントン駅の構内にある

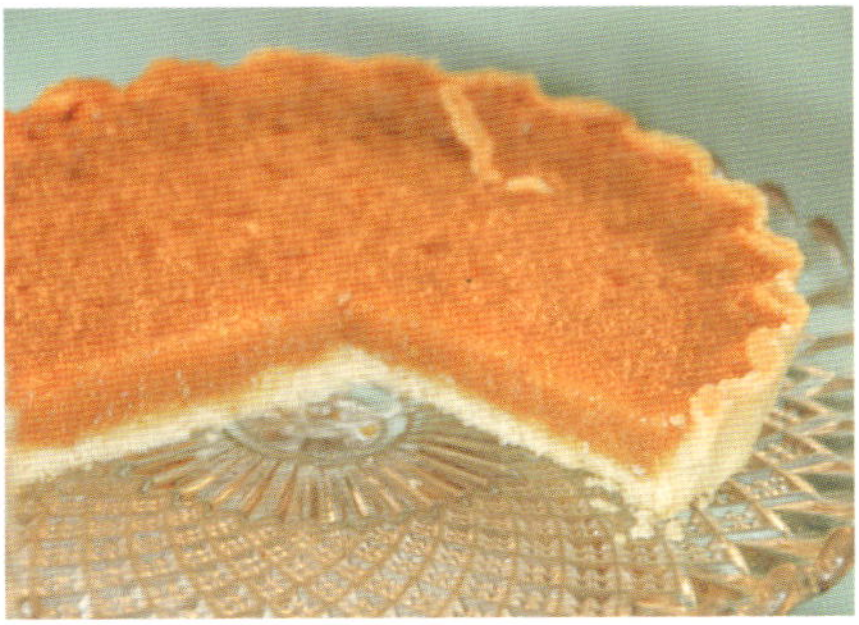

ルーシーが糖蜜タルトを作る場面もある。美味しい糖蜜タルトはクラッケンソープ家の人々に気に入られ、ひとかけらもなくなる

ハーパー・コリンズ社の特装版『パディントン発4時50分』

The Moving Finger

『動く指』

女主人のブレッド・プディング

パン・プディングの名で小さい頃から知っていたような気がする、懐かしい響きを持つのがブレッド・プディングというお菓子。

かたくなったパンの再利用法のために考え出された経済的なイメージが強いのも、いつも台所にある卵、牛乳、砂糖を混ぜ合わせてパサパサになったパンでお母さんが作ってくれる姿にその味が重なるからかもしれません。三時のおやつにほおばる子供の顔まで見えてくるような気がします。

けれどもイギリスでは、子供のおやつとばかりはいえません。れっきとした食後のデザートとしてレストランでもカフェでも、昔も今も変わりなく人気が高いのですから。

『動く指』の主人公である傷痍軍人のジェリー・バートンは、静養のため妹のジョアナとリムストックという町に屋敷を借りることにします。そこへパトリッジという料理上手の中年女性が手伝いとして住み込みます。

「美しくて陽気な性格だったし、ダンスやカクテル・パーティや、異性との交際や、馬力の

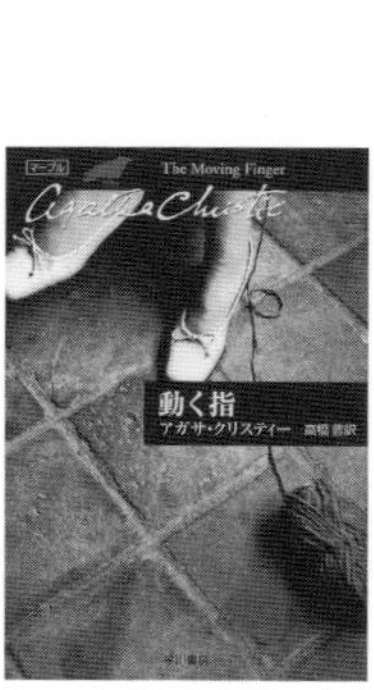

『動く指』
一九四三年

戦争で傷を負った元軍人のジェリー・バートンが静養のため、妹のジョアナと田舎の町に移り住んでまもなく、匿名の手紙が村人たちに届けられる。悪意に満ちた手紙の犯人探しの最中、今度は村の弁護士の妻が服毒自殺を遂げる。疑念が渦巻く村に、さらに恐ろしい事件が起き……！村の牧師館を訪れたミス・マープルが若者たちに助言を与え、事件の真相に導く。

強い車で飛びまわることが好き」なジョアナは決してブレッド・プディングを作るようにといいつけるような家庭的なタイプの女性ではないこと、それが、兄の会話のなかでブレッド・プディングに重ねていい表わされているようです。

機会を与えられたらパトリッジはどんなブレッド・プディングを作ったのでしょうか。

私の作るブレッド・プディングはアスコット村に住むミュード夫人が教えてくれたもの。偶然にも同じお菓子の本を持っていた私に、そのなかに載っているブレッド・プディングの美味しさを、自ら作って味わわせてくれたのです。

それまでは子供のおやつとばかりに、たとえ本に載っていても私は気にも留めていなかったわけですから、彼女こそその美味しさを新たに教えてくれた恩人です。

プディングというと日本ではキャラメル・プディング、いわゆるプリンしかなじみがありませんが、イギリスではそれはたくさんの種類があり、プディングだけでも一冊の本ができてしまうほどです。

なかでもこの卵と牛乳を使うプディングは、五、六世紀頃イギリスに渡ってきたサクソン人が広めたといいます。

イギリスの家庭で守られ、作られ続けたこの素朴な味わいにも、実は長い歴史が秘められているというのも魅力のひとつです。

「たぶんおまえを一家の女主人にふさわしくない女だと、軽蔑しているんだろう。おまえは一度も棚の上に手をやって、ほこりが残っているかどうか調べたことがないし、ベッドのマットの下をのぞいて見たこともないだろう。また、チョコレート・スフレの残りをどうしたかと訊いたこともなければ、ブレッド・プディングをおいしく作るようにと言いつけたこともないんだからな」

訳・高橋豊『動く指』（ハヤカワ文庫）より

舞台となるのは城も滅び、鉄道も通らなかった小さな田舎の市場町。イギリスでは現在も各地の町の広場でマーケットが開かれる。写真はサウスウェルで毎週土曜日に開かれているマーケット

市場は週に一度開かれるが、その日には町のいたるところの小路や通りで家畜の群れに会う。また年に二回小さな草競馬が催されるが、出る馬はいずれも名もない馬ばかり。小ぎれいな大通りにはいかめしい構えの家が古色蒼然と並んでいて、その階下の窓の下に菓子パンや野菜の果物が陳列される風景はちょっとちぐはぐな感じを与える。

訳・高橋豊『動く指』（ハヤカワ文庫）より

ブレッド・プディング

カスタードソースをかけていただく
ブレッド・プディング。レシピは120ページへ

Recipe

ブレッド＆バタープディング

Bread & Butter Pudding

材料　（パイディッシュ900cc　1個分）

サンドイッチ用食パン……8枚
無塩バター……50g
卵……2個
ブラウンシュガー……大さじ2
牛乳……400cc
生クリーム……100cc
ナツメグ……少々
レーズン……30g
（湯通しして、ラム酒少々をまぶしておく）
型に塗るバター……適宜

カスタードソース
卵黄……2個分
グラニュー糖……70g
牛乳……200cc

作り方

1. オーブンは170℃に温めておく。型には薄くバターを塗っておく。
2. サンドイッチ用食パンは耳をとり、バターを片面に厚めに塗って、十文字切って4等分する。
3. 型にバターを薄く塗り、4枚分のパンをバターを塗った面が下になるようにやや重なるように並べる。その上にレーズンの半量を散らす。その上に残りのパンをバターを塗った面が上になるようにして、やや重なるように並べる。その上に残りのレーズンを散らす。
4. 鍋に牛乳と生クリーム、ブラウンシュガー、ナツメグを加えて、弱火でブラウンシュガーが溶ける程度に温める。ボールに卵を割りほぐし、そこに鍋に入れて温めた牛乳などを加えて混ぜる。手順3の上から注ぎ、そのままパンによく卵液が染み込むように30分ほど置く。
5. あらかじめ170℃に温めておいたオーブンに入れて、30〜40分ほど、卵液に火が通り、表面のパンがきつね色に焦げ目がつくまで焼く。
6. カスタードソースを作る。鍋に牛乳を入れて温める。ボールに卵黄を入れて溶きほぐし、砂糖を加えて白っぽくなるまですり混ぜる。温めた牛乳を少しずつ加えて溶きのばし、鍋に戻して中火にかけて、絶えずゴムベラで混ぜながら、一度沸騰し、とろみがつくまで煮る。
7. 焼きたてのプディングを皿に盛り付け、カスタードソースをかけて温かいうちにいただく。

そのプディングの伝統を守ろうとプディングクラブという会がイギリスのコッツウォルズにあるスリーウェイズ・ホテルで一九八五年に生まれました。今でこそ予約がとれないほどの人気ですが、その背景には、一九八〇年代にフランス風のケーキ、ガトーやチーズケーキなどの人気に押されて伝統的なプディングが食べられなくなった危機感がありました。その衰退を防ぐために生まれたのがこの会だったのです。

私も参加したことがありますが、プディングクラブの会合は毎週金曜日夜七時半からはじまります。軽いディナーの後に七種類もの伝統的なプディングがみんなの歓声を受けながら、うやうやしく登場します。スティッキー・トフィープディングやジャム・ローリーポーリーなど昔から家庭で作られてきたお母さんの味わいのプディングです。

カスタードをたっぷりとかけるところもイギリス流。プディングは何回でもおかわりをしてもよく、心行くまで堪能することができるのです。

プディングクラブと
スリーウェイズ・ホテル

Three Ways Hotel
Mickleton, Chipping Campden,
Gloucestershire, GL556SB England
TEL: 44-01386-438429
www.puddingclub.com

プディングクラブの様子

「一週間毎日ひとつ」の意味で、用意された7種類のプディングを囲んで笑顔があふれる

ジンジャー・シロップ・プディング

ビアトリクス・ポター作『ひげのサムエルのおはなし』にも登場するジャム・ローリーポーリー・プディング

プディングにはカスタードをたっぷりかけて食べる

何回もおかわりできるのもプディング好きには魅力

ノッティンガムのサウスウェルにあるカフェで食べたブレッド・プディング

グリーンウェイのティールームにあったブレッド・プディング・ケーキ

2013年のウイリアム王子とキャサリン妃の第一子誕生を記念して作られたロイヤル・クラウン・ダービーの「ロイヤル・ベビー・コレクション」。『動く指』ではお茶の時間や結婚祝いにクラウン・ダービー社のティー・セットが登場する

クリスティーのグリーンウェイの屋敷にはクラウン・ダービー社の伊万里シリーズの食器セットがある

そしてそれが一段落したころ、フロレンスがお盆に上等なクラウン・ダービーの陶器を載せて運んできた。これはミス・エミリーが自宅から持ってきたものだろう。お茶は中国茶でおいしく、皿にはサンドウィッチや薄いバター付きのパンや小さなケーキが持ってあった。

訳・高橋豊『動く指』（ハヤカワ文庫）より

Cat Among the Pigeons

『鳩のなかの猫』

お菓子作りにおなじみのゴールデン・シロップ

ゴールデン・シロップは蜂蜜のように金色に輝く、透き通った水あめ状のもの。ポアロに「シロップでもいかが？」とすすめられ、とっさにジュリアはゴールデン・シロップを思いついてしまいます。イギリス人らしいというべきでしょう。

ゴールデン・シロップとは、イギリス人にとっておなじみのお菓子作りの材料。とてもこれで洒落た飲み物など作れるものではありません。

ブラックカラントやレッドカラント、カシス、ラズベリーなどのシロップは、ポアロの好物で、ポアロシリーズの作品群には必ずといっていいほど登場します。しかし、イギリスではシロップを飲む習慣はありません。そのためポアロは、シロップのもてなしを断られるのがお決まりのパターンになっています。

『鳩のなかの猫』のジュリアはポアロにシロップをすすめられ、とまどいながらも「レッドカラント」を選びます。連続殺人事件が起きているメドウバンク校から機転をきかせて、「事件解決の鍵」となる重要な品を届けにきた少女を、ポアロらしくもてなしてあげる微笑まし

『鳩のなかの猫』
一九五九年

中東のラマット国の革命騒動のなか莫大な価値を持つ宝石が盗まれる。同じ頃、ロンドン郊外にある名門女子校・メドウバンクでは、新任の体育教師が何者かに射殺された。そしてさらに次々と女子校で凶悪な事件が起きる。二つの事件に関連はあるのか？　事件の真相とは？　女子学生の依頼を受け、ポアロが事件解決に乗り出す！

い場面になっています。

イギリスのお菓子といえば、こんがり焼けた焼き色がごちそうの焼き菓子がほとんどです。そのため、小麦粉、卵、バター、砂糖という四つの基本材料の質と味が、できあがりの味の決め手となるのはいうまでもないところ。

たとえ同じレシピで、同じように作ったとしても、イギリスで作ったものと日本で作ったものとでは、そっくり同じというわけにはいかないのがいつも残念でなりません。

たとえば日本の小麦粉は充分に精製され、細かくなりすぎているので焼き上がりの目がつまってしまい、イギリスの粗い小麦粉のボソッとした素朴な味わいが生きてこないのです。

バターについても、イギリスはさすが牧畜国。香りたつようなクリームの味わいがあります。

そして砂糖は、上白糖が存在しないので、カスター・シュガー（Caster Sugar）を最もよく使います。

これはグラニュー糖の粒子をさらに細かくしたものといえばいいでしょうか。ジャム作りやコーヒーなどに入れるのはグラニュー糖で、お菓子作りには粒子が細かく、なじみやすいカスターシュガーが好まれます。

黒い砂糖もフルーツケーキなどの焼き菓子に欠かせないもので、ソフトとダークがあり、こっくりとした独特の風味が日持ちのする焼き菓子にぴったりです。

ちなみにジンジャーブレッドのように、しっとりとした甘さが特徴の焼き菓子には、液状のトリークルと黒い砂糖を一緒に使います。

「シロップでも一杯どう？」と彼は訊いた。

「糖蜜（ゴールデンシロップ）ですの？」ジュリアはどっちつかずな顔つきをした。

「いや、フルーツジュースのシロップ。黒すぐり、ラズベリー、グロセーユー──ああ、赤すぐりのことですが」

ジュリアは赤すぐりに決めた。

訳・橋本福夫『鳩のなかの猫』（ハヤカワ文庫）より

トリークルとは、砂糖を精製する過程でできるもので、くずもちの蜜のような真っ黒な色をしています。これはアメリカでは、呼び名がモラセスと変わるところもおもしろいところです。

ゴールデン・シロップはこのトリークルをさらに精製したものです。

ゴールデン・シロップはビスケット類にパリッとした歯触りを与えるために加えますが、有名な料理史研究家のエリザベス・デイビッドは、このゴールデン・シロップより蜂蜜を好むと書いています。

ゴールデン・シロップが手に入らない場合は、蜂蜜で代用できるのはうれしいところですし、味わいもほとんど変わりはないようです。

十九世紀以前は砂糖が高価だったので、その代用品としてゴールデン・シロップやトリークルがお菓子作りに利用されました。それが今もなおレシピに残っているのでしょう。

ゴールデン・シロップといえば、イギリスではLyle社のゴールデン・シロップと決まっています。緑色の缶にライオンの絵が目印です。最近は日本のデパートやスーパーマーケットでも見かけるようになったので、ご存知の方も多いでしょう。

一八八一年、スコットランドのビジネスマンだったアブラム・ライルAbram Lyleは、五人の息子をロンドンに送り、砂糖の精製所をはじめます。精製の過程でできる糖蜜のようなシロップを捨てているのを見て、ライルはそれをさらに精製すれば、美味しく、保存がきき、お菓子や料理の甘味料になると考えました。そこからゴールデン・シロップは誕生し、ライル氏は大成功を収めることになります。

Lyle社のゴールデン・シロップ。旧約聖書の士師記をモチーフにしたロゴマーク

はじめたばかりの頃は、シロップを木の樽に保存し、工場の労働者、地元の客に売っていましたが、口伝えで評判が広がり、そのうち一週間で一トンも売れるようになります。そして、一八八五年になって初めて、缶に詰められた製品が売り出され大ヒットとなりました。

このシロップは、蜂蜜と同じ転化糖の一種で、ねっとりとしてベルベットのように濃厚でありながら、結晶しないという特性があります。

ロゴのデザインも特徴的で、死んだライオンの周りを飛び交う蜜蜂の絵が用いられていますが、これは創業者のライルがキリスト教の熱心な信者だったため、旧約聖書のなかの士師記をモチーフにしています。

士師記では、サムソンは妻を探しに行く途中でライオンを殺します。それからしばらくして、そのライオンの死体に蜂が巣を作って、蜜がいっぱいあるのをサムソンは目の当たりにします。そして次のようななぞなぞを作ったのです。

Out of the eater came forth meat and out of the strong came forth sweetness

食らうものから食べ物が出た、強いものから甘い物が出た

ここから今も描かれているロゴが生まれました。

イギリスで最もよく使われる砂糖、カスター・シュガー

スーパーで売られている色も様々な砂糖いろいろ。用途によって使い分ける

Four and Twenty Blackbirds

「二十四羽の黒つぐみ」

紳士が食べるステーキとキドニーのプディング

ガスコイン氏の食べ物の好みが、このミステリーの鍵になっています。

犯人はよほどビーフステーキとキドニーのプディングと、黒イチゴ（ブラックベリー）入りのタルトが好物だったようです。ところがガスコイン氏が十年来通うレストランでは、そのどちらも彼が嫌いなことは周知の事実だったわけです。

ロンドンでも高級住宅地として名高いチェルシーに、このミステリーのレストラン「ギャラント・エンデヴァ」はあり、しかもゆったりとした雰囲気とあっさりした英国風の〝ごてごてしない〟料理が有名だったようですから、プディングの味もさぞかし格別で、登場人物たちを満足させたに違いありません。

ところでビーフステーキとキドニー（腎臓）のプディングは、一度食べてみないことには想像さえできない、けれどもイギリスを代表する料理といえるでしょう。プディングという言葉自体、私たち日本人にとってはキャラメル・プディング、いわゆるプリンの甘い味がすぐに浮かぶので、それが料理とどう結びつくのか考えられないのも当然です。

「二十四羽の黒つぐみ」
一九六〇年

友人とチェルシーの料理店を訪れたポアロ。そこでウェイトレスから気になる話を聞かされる。十年間、同じ曜日に来店し、同じメニューを注文する老紳士が突然、違う曜日に現われ、違うメニューを頼んだというのだ。ポアロが老紳士の身元を調べると、既に事故死していることがわかった。ポアロならではの心理学と食の観察で事件の謎を解く短編。

プディングはそもそも、羊や牛の胃袋に詰め物をした食べ物を意味していました。スコットランドの名物である「ハギス」は、羊の胃袋に刻んだ臓物、オートミール、玉ネギなどを混ぜ合わせて詰め、ゆで上げたもので、プディングの原形そのものを今に伝えています。

その動物の胃袋が、陶製の植木鉢のような形をしたプディング型に代わり、そのなかに小麦粉と牛脂をこね合わせたやわらかい生地を敷き込んで生まれたのがこのビーフステーキとキドニーのプディングというわけです。

〝ビーフステーキ〟といってもステーキが一枚大きく入っているわけではありません。ここでいうステーキとは肉の切り身の意味で、角切りにした牛の赤身肉のことです。

キドニーとは牛の腎臓で、肉と同様、角切りにします。これに香辛料を加えた小麦粉をまぶし、刻んだ玉ネギとともにバターで炒め、煮込みます。生地をはりつけたプディング型のなかに詰め、同じ生地でふたをするようにかぶせてから全体を布ですっぽりと包みます。後は鍋に入れて、ごとごとゆでるだけでできあがり。熱々を型から出して食卓で切り分けます。おもしろいことにこれには、おでんのように食卓で、マスタード（辛子）をつけて食べるのです。

同じ中身をパイ生地でふたをして焼くとステーキとキドニーのパイとなります。

こってりとしたこのプディングは男性にファンが多く、カロリーを気にする女性には残念ながら敬遠されがち。そういえばクック夫妻の家でもご主人の好物だったので、いつでも食べられるように奥さんが手作りのものを冷凍庫に常備していたほどでした。特に寒い冬には、熱々の味わいがなんとも美味しかったことを思い出します。

「みなさまきっとお笑いになるかもしれませんが」モリイは頬を染めた。「殿方が十年もここへお通いになれば、おのずからお好みもわかってまいります。あの方は、キドニー・プディングや黒いちごはお嫌いですし、ポタージュは召しあがりません――ところがあの月曜日の晩にかぎって、トマトのポタージュとビーフステーキとキドニー・プディング、おまけに黒いちごのタルトをご注文になったんです！ なにを注文したのかうわの空というふうに見えました！」

「ほほう」とエルキュール・ポアロは言った。「それはなかなか興味深い」

訳・小尾芙佐「二十四羽の黒つぐみ」（『クリスマス・プディングの冒険』ハヤカワ文庫）より

ステーキとキドニーのプディング

プディングの中身

プディングを作ってくれたパブのご主人、ガースさん

スプーンで取り分ける

プディングの材料となる角切りの牛肉

プディングの材料となる牛の腎臓

店頭で売られている黒イチゴ

野生の黒イチゴの実

黒イチゴの茂み。イギリスでは野生の黒イチゴがなっているのをよく見かける

黒イチゴの花。クリスティーは自伝に、少女の頃、フランスのディナールで「大きくて丸々とふとった汁気の多い」黒イチゴをうんと食べた思い出を書いている

彼はまたもや黒いちごを食べていたよ。食い意地のはったやつだ——食物のことばかり考えている。よろしいか（エ・ビヤン）、その食い意地が、わたしのえらい間違いでなければ、彼の首を絞めることになるんだよ

訳・小尾芙佐「二十四羽の黒つぐみ」（『クリスマス・プディングの冒険』ハヤカワ文庫に収録）より

The Clocks

『複数の時計』

ポアロのティセーン（薬湯）

ポアロの好きな飲み物はホット・チョコレートとばかり思っていましたが、このミステリーではティセーンをよく飲んでいます。ポアロの好物のひとつにティセーンも入るというのが、このミステリーにおける新たな発見でした。

日本語では「薬湯」と訳されていますが、たいてい仏語ではティザーヌと呼ばれ、英語でいうハーブティーのことです。ハーブティーといってもいろいろな種類があるのですが、この作品では「胸のむかつくような味、鼻を刺すようなにおいのするやつ」とあり、いったいどのハーブのことなのか考えてしまいます。

フランス人の友人に聞くと、食後にはミントやベルベーヌといったさわやかな香りの、消化を助ける薬効を持つハーブティーがよく飲まれているようですから、ポアロの好みは一般のフランス人と異なって、特別なハーブなのでしょうか。服装や食事など生活のすべてにおいて完璧を目指すポアロのことですから、好みのハーブティーもオリジナルのブレンドで何種類ものハーブをミックスしたものなのかもしれません。

このミステリーに登場する「わたし」はポアロの友人で、イギリス人のコリン・ラム氏の

『複数の時計』
一九六三年

タイピスト・秘書引受所に勤めるシェイラが指名を受け、依頼人のミス・ペブマーシュの家に入ると、居間にはおびただしい数の時計が並んでいた。柱時計が三時を告げたとき、シェイラはソファの横に男性の惨殺死体を発見する。ポアロとその若き友人、コリン・ラムが時計の謎に挑む。

ことなのですが、どんなにポアロにこのティセーンをすすめられても絶対に飲もうとしません。彼はいつも断固として断っているのです。

けれどもこの態度こそ、まさしくイギリス人のハーブティーに対する姿勢をはっきりと表わしているように思います。最近では変わってきましたが、かつてのイギリスでは、イギリス人の知り合いの家庭に招かれたことはたくさんあったものの、ハーブティーが出されたことはまったくありませんでした。

ミントなどほとんどの家で庭に雑草のように植えてあり、ジャガイモをゆでるときや、ラム肉に添えるミントソースを作ったり、と毎日のように台所で使ってはいるものの、ハーブティーにして飲むことはありえないのです。フランスのようにハーブがハーブティーとして生活のなかで生かされていないのが、イギリスに暮らしてみてよくわかったものでした。あれほどの園芸好きの国民性でありながら、これは大きな疑問でした。

ここで思い出したのが『ピーターラビット』の絵本の一場面――マクレガーさんの畑で捕まりそうになって、危うくウサギパイになるところを必死の思いで逃げてきたピーターでしたが、食べ過ぎて、しかも興奮して寝つかれないピーターに母さんウサギが飲ませるものとして、カモマイルのハーブティーが登場しています。

その昔、ハーブティーは薬として主婦が用意するものだったのです。具合の悪いときに飲むのがハーブティー、まさしく薬湯こそがハーブティーにふさわしい日本語訳というわけです。

それにしてもポアロのティセーンはどのハーブでいれたものなのか、気になるところです。

わたしの友人エルキュール・ポアロは壁炉の前のいつもの大きな角型の安楽椅子に座りこんでいた。長方形の電気ストーブの横棒が一本赤く熱しているのにわたしは気がついた。九月早々であり、気候も暖かかったが、ポアロは誰よりも早く秋の冷え込みを惑じとり、その用心をする人間の一人だった。彼の両側の床にはきちんと書物が積み上げてあった。書物は彼の左側のテーブルの上にもあった。右側には湯気がたちのぼっているティーカップがあった。わたしは薬湯（ティセーン）ではないかなと思った。ポアロはティセーンが好きで、わたしにもよくすすめた。胸のむかつくような味、鼻を刺すようなにおいのするやつなのだ。

訳・橋本福夫『複数の時計』（ハヤカワ文庫）より

Taken at the Flood

『満潮に乗って』

もてなしの言葉「セイ・ホエン」

「セイ・ホエン」(Say when!)

辞書で引くと、相手に酒などを注ぐときにいう言葉で、「いいときにいってくれたまえ」の意味。このミステリーでは莫大な遺産を相続した妹を持つデイヴィッドが、素性の知れぬ男に呼び出される場面で使われますが、本来「好きなだけ注ぐからたくさん飲んでくれ」という、もてなしの言葉なのです。

ウイスキーといえばなんといってもスコットランドが有名です。スコットランドを取材旅行で訪ねたとき、友人のブライアンに頼んでウイスキーの醸造所に連れて行ってもらったことがあります。ブライアンの住むエディンバラの町から車で一時間ほど走ったでしょうか。小川のせせらぎが聞こえる、緑に囲まれた静けさのなかに、赤い屋根のその「エドラドゥール」の醸造所はありました。

看板には「スコットランドで一番小さな醸造所」と書かれています。倉庫のような白い建物が三棟並んで立っているだけですから、スコットランド一の小ささというのもうなずけます。ここではキルト姿の男性が、醸造所を案内しながらウイスキーの製造過程を説明してく

『満潮に乗って』
一九四八年

大富豪のゴードン・クロードはニューヨークで再婚してまもなく急死する。彼の莫大な財産を相続したのは娘のような年齢の若い未亡人だった。ゴードンの庇護のもと暮らしていたクロード一族は戦後の混乱のなか窮地に立たされる。そこへ〝イノック・アーデン〟と名乗る謎の男が未亡人を訪ねてやってきて事態は急展開……。ゴードンにまつわる戦時中の記憶を憶いおこしたポアロが惨殺事件の真相に迫る。

れます。実際にウイスキーがどのように造られるのかそれまで知らなかったことに、このときになって初めて気が付きました。

ウイスキーの語源はゲール語のUisge beatha（生命の水）にあります。大麦、酵母、水が原料ですが、これだけではウイスキーは造れません。スコットランドならではの豊かな自然――谷間を流れる清らかな水、緑の香りが豊かに溶け込んだ空気、夏にはピンク色の花でスコットランドの大地を一面にうめつくすヒース、そのヒースが枯れて堆積してできるピート（泥炭）――これらが蒸留していく過程で、「生命の水」となるべき魔力を与えるのです。

このスコットランドの自然の雄大さは、実際に旅をしてみて初めて肌で感じることができるもの。自然という、人間の手では作り出せないものと人間の知恵が組み合わさって、その土地ならではの味が生まれることに感動したのでした。

広さでは北海道に匹敵するスコットランドですが、それでも自然は地方によって異なるため、スコットランドとはいえ、蒸留する土地によってウイスキーの味にも違いが出てくるといいます。ローランズ、ハイランズ、アイランズ、スペイサイドの四地方に大きく分けて、ウイスキーの味が表わされるのはそのためです。エドラドゥール社のものは〝ハイランドモルトの結晶〟として名高く、いぶし味がかった〝ヘザー・ハニー・スタイル〟（ヒースの花の蜂蜜風味）を特徴とする味わいです。

このエドラドゥールでは、できあがったウイスキーを味わうことができますが、もし「セイ・ホエン」といわれたら、ウイスキーに目がない人はグラスいっぱいと答えてしまうことでしょう。

すっかりごきげんだな、デイヴィッドはすぐに気がついた。酒瓶も適当に並んでいる。春にしてはまだ寒いので、暖炉にも火が入っている。服は英国仕立てではないにしても、英国人らしい着こなしをしている。年格好にもよく合っている――。

「ありがとう。じゃ、ウイスキーを一杯」

「注ぎましょう、いいだけで止めてください」

「そのくらいで」

訳・恩地三保子『満潮に乗って』（ハヤカワ文庫）より

A Pocket Full of Rye

『ポケットにライ麦を』

朝食のマーマレード

「ベーコンとスクランブル・エッグ、コーヒー、マーマレード付きのトースト」

いつもの朝食をとって出社した投資信託会社社長・フォテスキュー氏は急に苦しみ出し、そのまま亡くなってしまいます。犯人探しのために家族の食卓が徹底的に調査され、妻や娘、嫁はトーストにジャムか蜂蜜を塗り、フォテスキュー氏だけがマーマレードを塗る、という朝食の習慣が徹底的に調査されます。

そういえば、両親のようにお世話になったクック家でもクック夫妻は蜂蜜、私はマーマレード派でしたから、このミステリーも人ごとではないような苦々しい気持ちで読んだものです。クック夫妻もそうですが、イギリスの人たちは自分の好みがはっきりしていて、食べるものに関してもファッション同様に保守的なのです。それだからこそ、こうしたフォテスキュー氏に企てられたような食を使った殺人も成り立つということなのでしょう。

カリカリに焼いたトーストにバターをしみ込むほどたっぷりと塗り、その上にマーマレードをのせ、ナイフでひと口くらいの大きさに切りながら食べるのがイギリス流。その朝も何も知らぬフォテスキュー氏はいつものトーストを楽しんだに違いありません。

『ポケットにライ麦を』
一九五三年

投資信託会社社長のフォテスキュー氏が毒殺される。それを皮切りにフォテスキュー家でマザー・グースの歌になぞらえた殺人事件が次々と起き、ミス・マープルが育てた若いメイドも犠牲者のひとりとなった。怒りに駆られたマープルが、事件の舞台となった水松（いちい）荘へやってくる。

それが人生最後の朝食になるとは夢にも知らずに……。

クック家のマーマレードは奥さんのリタのお手製。オレンジの皮の厚切りがたっぷりと入った苦みのきいた大人の味に、私は生まれて初めて本当のマーマレードに出合ったような気がしたものでした。

リタは冬の一月にイギリスに出回るスペインのセビル産のオレンジを使って、一年分のマーマレードを手作りします。厚切りの皮が入った家庭ならではの美味しさです。

マーマレード誕生には諸説ありますが一説には、スコットランドのダンディーという町が発祥の地とされています。ケイラー氏という商人が、スペインから船で運ばれてきたオレンジがあまりに安いためにたくさん買ってしまったことからその話ははじまります。ところが食べてみると、その実は苦くて食べられたものではなく、店に並べても売れるはずがありません。そこでケイラー氏の奥さんは、売れ残ったこのオレンジをなんとかしようとジャムを作ることを思いつきます。やってみるとその苦みは砂糖と合って独特の美味しさを醸し出し、このマーマレードの人気はたちまちのうちに町中に、さらにはスコットランド中へと広まっていったのです。〝必要は発明の母〟とはまさにこのこと。今やマーマレードなくしてはイギリスの朝食はありえない、といわれるまでになったその味はこうして生まれたのでした。

どこの店のマーマレードなのか定かではありませんが、半ダースずつ買い入れていたという水松荘。お金持ちのフォテスキュー氏でもリタが作るような手作りマーマレードの美味しさには縁がなかったはず。その美味しさを知ってほしかったと思います。

「この邸では、マーマレードは食卓壺に移しかえることにしているのかね？」
「そんな手間はかけていません。戦争中、物資が不足したとき、もとの壺のまま、食卓へ出す習慣にしました。それ以来、ずっとそのままで変更してはおらんそうです」
ニール警部はつぶやいた。
「そうすると、これがいい手掛りになるのだな」
「そうですとも。朝食にマーマレードをとるのはフォテスキューひとりなんです。パーシヴァルもそうですが、これは旅行中でしたから、べつです。他の連中は、みなジャムか蜂蜜なんです」

訳・宇野利泰『ポケットにライ麦を』（ハヤカワ文庫）より

コッツウォルズ、チッピング・ノートン近くにあるホテルで朝食に用意されていたマーマレード。アンティークのガラスの器に入った色合いが美しい

朝食のメイン。スクランブルエッグ（煎り卵）にスモークサーモンは定番の組み合わせ

イギリスの1月、バラマーケットで売られていたスペインのセビル産のオレンジ

家族が楽しむことができるように1年分のマーマレードを作るリタさん

リタさんのマーマレードの作り方はセビルオレンジを丸ごとゆでるのが特徴

太陽の光をうつし取ったかのように、黄金色に輝くマーマレード

キューガーデンの前にあるティールーム、ニューウェンズのスイスロール・ケーキ。フォテスキュー家でもお茶の時間にスイスロール・ケーキを楽しんでいた

ウォルター・クレインによる「Sing a song of a six pence（六ペンスの歌を歌おう）」の絵本。『ポケットにライ麦を』ではこの歌に似せた場面展開で連続殺人が行われ、洗濯バサミで鼻をつままれた姿で殺されたメイドの哀れさにミス・マープルの怒りが爆発する。

Hallowe'en Party

『ハロウィーン・パーティ』

リンゴのゲームとアップルパイ

ボビング・アップルというゲーム（翻訳ではリンゴ食い競争）や、コップに詰めた小麦粉の山から六ペンス玉を削り落とすゲーム、スナップ・ドラゴン（ぶどうつまみ）といったハロウィーン・パーティにつきものの催しの準備に忙しい子供たち。

十三歳の少女、ジョイスもそのひとりでした。その彼女が、ボビング・アップルに使った大きなブリキのバケツに入った水のなかに首を押し込まれて、殺されてしまったのです。

Apple Bobbingとは、水に浮かべたリンゴを口でくわえて取れるか取れないかで幸せを占う、十月三十一日のハロウィーンの夜に古くからつきもののゲーム。

「事件のほんとのはじまりはリンゴだったのです」と、この殺人事件の解明のためにポアロを訪ねるミセス・オリヴァはリンゴが大好物。依頼を受けたポアロも「汁気の多いイギリスのリンゴほど美味しいものがあるはずはない」と語るのには思わず「同感！」と声をあげてしまうほどです。何しろ酸味が強く、パリパリとした歯触りのイギリスで食べる小粒のリンゴほど美味しいものはないと、いつも私も思っているのですから。

ロンドンの町中を歩いていていても、ワゴンに色とりどりのリンゴが並んだ果物屋さんが目に

『ハロウィーン・パーティ』
一九六九年

ロンドン郊外にある友人の家に滞在していた推理作家のミセス・オリヴァは、子どもたちのハロウィーン・パーティの準備を手伝っていた。楽しいゲーム、美味しいごちそう、パーティは大成功に終わったが、少女がリンゴ食い競争のバケツに首を突っ込んで殺されているのが発見される。その少女から「あたし、人が殺されるところを見たのよ」と告げられていたオリヴァはショックを受け、ポアロに事件の捜査を依頼する。

つきます。グラニー・スミスという青いリンゴ、コックスという赤みがかった小粒のリンゴ、クッキング・アップルと名付けられた青いジャガイモのような不細工な形をしたリンゴまで、種類はいろいろ。料理用であるクッキング・アップルはかたく酸味が強いですが、アップルパイにしたときの美味しさは格別。イギリスではアップルパイには、ダブルクラストと呼ばれる底と上にパイ皮のあるものと、パイディッシュと呼ばれるものがあります。パイディッシュは、切ったリンゴを深皿にたっぷり入れてシナモンとレーズンを混ぜ、ショート・クラストというビスケットタイプのパイ皮をかぶせて焼き上げたもの。手間がかからずパイ皮はサクサク。生クリームを添えたデザートとして家庭の定番のお菓子です。

ほかにも禁断の実であるリンゴを食べたイヴにちなんで〝イヴのプディング〟と名がついた蒸し菓子や、ガチョウや豚などのこってりとした肉料理に添えるアップルソースまで、リンゴを使った料理やお菓子の多さにイギリス人のリンゴ好きが表われているといえるでしょう。このクッキング・アップルは、ブラムリーと呼ばれ、料理用としてスーパーでもどこでも売っている身近なリンゴです。イギリスのリンゴ総生産高の四五％をこのブラムリーが占めるといいます。火を通すととろけるようにやわらかくなるのが特徴です。

リンゴは古代ドルイド教では神聖な果物としてあがめられていたことから、占いに用いられてきたと伝えられています。ハロウィーンの夜にリンゴの皮をむいて肩越しに投げると、手鏡のなかに未来の夫の姿が現われるというのもそのひとつ。このミステリーのなかでも、ポラロイド写真にそれが写り、女の子を驚かすというゲームになっています。リンゴをひとつ買っては食べ歩いている現代のイギリスの女の子たち、この占いを知っているかしら。

「でも、みごとでおいしそうね。リンゴ食い競争に使うのよ。すこしやわらかめのリンゴなの。それだと歯をたてるのがやさしいんですものね。これを図書室に運んどいてくださらない、ビアトリス？　リンゴ食い競争をすると、いつだってそこらじゅう水だらけにして、めちゃめちゃになるんだから。でも、図書室のカーペットならかまわないのよ。古いんだから。まあ！　ありがとう、ジョイス」

訳・中村能三『ハロウィーン・パーティ』（ハヤカワ文庫）より

クッキング・アップル（料理用リンゴ）。青いジャガイモのようなブラムリー

丸ごとかじるのに最適、美味しい小粒のリンゴ、コックス

梨のような色あいで、ナッツのような風味と表されるリンゴ、ラセット

子どもたちのハロウィーン・パーティのご馳走のひとつ「セイボリー」は、オードブルやデザートによく出てくる塩味のおつまみのこと

リンゴの殺人事件にショックを受けたオリヴァ夫人が、大好きだったリンゴのかわりに食べるのはチューニスなつめ（デイツ）

サウスウェルの肉屋の店頭で売られていた、ブラムリーを使ったアップルパイとポークパイ

アップルパイ

ビスケットタイプのパイ皮のアップルパイ。
レシピは144ページへ

Recipe

アップルパイ

Apple Pie

材料　（直径21cmのパイ皿）

ショートクラスト・
　ペストリー
薄力粉……350g
ベーキング・パウダー
　……小さじ1/2
塩……小さじ1/4
卵……1個
無塩バター……230g
　（1cm角程度に切っておく）
グラニュー糖……大さじ3

リンゴ（ブラムリーと紅玉で）
　……皮つきで600g程度
レモン汁……小さじ2
ブラウンシュガー……70g
シナモン……小さじ1

作り方

1. パイ皮（ショートクラスト・ペストリー）を作る。ボールに薄力粉、ベーキング・パウダー、塩を合わせてふるい入れる。

2. 冷たいままのバターを加え、ナイフでさらに細かく刻む。手のひらを合わせてすり合わせるようにして　バターと粉類がなじんでサラサラの状態にする。卵を溶いて、加え、全体をよく混ぜてひとまとめにする。冷蔵庫で最低でも30分は休ませる。

3. リンゴは皮をむき、4つ割りにして芯を取り、5mm程度のいちょう切りにする。ボウルに入れて、レモン汁、ブラウンシュガー、シナモンをまぶす。

4. パイ皮の半量をパイ皿よりひと回り大きく伸し、パイ皿に敷く。はみ出している周りのパイ皮をナイフで切り取る。底をフォークで空気穴をあけ、その上に手順3のリンゴを中央が高くなるように盛る。パイ皮のふちに牛乳を塗り、パイ皿より少々大きく伸したもう半量のパイ皮を、リンゴの上にかぶせる。パイ皮を合わせたら、余分の生地をナイフで切り取り、縁を指やフォークを使ってしっかりと合わせる。残った生地を伸し、飾りを作って、牛乳を塗ってのせる。全体に牛乳を刷毛で塗り、グラニュー糖（分量外）をふりかける。

5. あらかじめ180℃に温めておいたオーブンに入れて、約20分焼き、その後、160℃に落としてさらに20分程度、こんがりと表面がきつね色になり、パイ皮に火が通るまで焼く。

クッキング・アップルの「ブラムリー」が日本でも近年栽培されるようになりました。「料理用リンゴの文化を伝えたい」ということで、リンゴ農家に生まれた、英国王立園芸協会日本支部（ＲＨＳＪ）初代理事長であった荒井豊氏が、本部（ＲＨＳ）から穂木を取りよせたのが一九九一年のこと。

「ふじ」に高接ぎし、徐々に地元の農家に広め、生産量を増やしてこられたとのことです。その貴重なリンゴをＲＨＳＪの会員で、私の講座にも参加してくださっているＦさんが送ってくださいました。Ｆさんは私の本のブラムリーのことを書いた文章を読み、そこで紹介したアップルパイをブラムリーを使って作ってくださったとのこと。

ショートクラスト・ペストリーのさくさくとした皮が、酸味があってとろけるようなブラムリーの味を包んでいて、私も今もなお大好きな味です。

私にとっては、お世話になったクック家でごちそうになっていたアップルパイがこの味そのものなのです。

クック家では庭にリンゴの木が何本もあり、ブラムリーも庭でとれる身近なリンゴでしたので、奥さんのリタがいつもアップルパイを作っていました。

私にとっては、お世話になったクック家でごちそうになっていたこの手作りのアップルパイこそ今もこれからも私にとって最高のアップルパイの味わいに変わりはありません。

まったく、ポアロは考えた。われわれは、どうもリンゴから逃げだすわけにはいかないようだ。汁気の多いイギリスのリンゴほどおいしいものがあるはずはない——しかもここには、箒の柄や、魔女や、昔からの語り伝えや、殺された子供とこんがらがりあったリンゴがあるのだ。

訳・中村能三『ハロウィーン・パーティ』（ハヤカワ文庫）より

The Adventure of the Cheap Flat

「安アパート事件」

英国お得意の日曜日の昼食

イギリス人にとって日曜日は特別な日。ポアロはその日を狙って、ナイツブリッジに立つ高級アパートの一室に忍び込もうと計画します。

ヘイスティングズ大尉の友人がその一室を異常に安く借りられたことに不信を抱き、自分でその二階上の一室を借りたポアロ。そこから「石炭まき揚げ機」で真下に降りていっても、日曜日なら誰にも気付かれないと、ポアロは確信しているのです。

今でこそ日曜日でも営業する店もあり、特にロンドンではハロッズなどデパートでも営業するようになりましたが、かつては、イギリスでの週末の生活は、土曜日はショッピングに出かけるなど雑事をすませる日、そして日曜日は休息の日でした。

イギリスで私が英語をプライベートに習っていたエリザベス先生によると、八十歳を過ぎたお母さんからは日曜日には洗濯すらしてはいけないと教えられたとか。今ではエリザベス先生自身は洗濯を日曜日にすることもあるとのことでしたが、近くに住むお母さんが訪ねてくるとわかっているときには、絶対にそうしたところを見られないように今も用心すると話してくれました。

「安アパート事件」
一九二四年

ポアロは、ヘイスティングズの友人夫婦が高級マンションを奇跡のような格安で借りた話を聞き、不信感を抱く。さっそくそのマンションの仲介業者に会ったポアロは、一ヶ月間、自分も部屋を借りる契約を結ぶ。驚くヘイスティングズをよそに、ポアロの灰色の脳細胞が予想だにしなかった真相を明らかにする。

ウィークデーには当然である日常の活動が止まってしまうだけに、ポアロがいうようにあまりよそで起こっていることには気付かずに過ごしてしまうということなのかもしれません。日曜日の朝には、「サンデー・タイムズ」など別冊も入った分厚い日曜版の新聞がニュース・エージェントの店先に高々と山積みにされます。ウィークデーなら通勤電車で読む人たちが、カフェや公園で朝食をとりながら、買ってきたばかりのその新聞をゆっくりと読む姿が見られるのも、日曜日ならではの風景です。

それに続く、ポアロがいうところの「イギリスお得意の日曜の昼食」も忘れられません。いわゆる「サンデーランチ」と呼ばれるものですが、ローストビーフにヨークシャー・プディング、温野菜のひと皿がメインとなる昼食です。

「ローストビーフのね」とわざわざポアロが付け加えていっているところをみると、ベルギー人であるポアロにはあまり喜ばしいものではなかったかもしれません。

普段離れて暮らしている家族が、このサンデーランチに集まり、最近の出来事を報告しあうという機能もこのランチの大切な役割と認められているようです。ショッピングのかごに、翌日のサンデーランチのためのロースト用の肉の塊を入れた人をよく見かけるのも、土曜日のスーパーマーケットならではの光景でしょうか。

ゆっくり時間をかけて楽しんだランチの後は、公園に散歩に出かけたり、庭を見に出かけたりとあくまでのんびりと過ごすのです。

昼食がしっかりボリュームがあるぶん、夕食はいたって簡単なサンドイッチくらいですませたい。日曜日なら、主婦はそういいたいところでしょう。

ポアロは勢いよく流し場へ行き、石炭を引き上げる荷台のついたロープを引っ張りはじめた。「ごみ箱を下ろす要領で降りるんだよ」彼は上機嫌で説明した。「誰にも見られやしないさ。日曜コンサート、日曜の午後の外出、イギリスの習慣になっている日曜の昼のごちそう――ローストビーフだな――そのあとの日曜の昼寝、こうしたことがエルキュール・ポアロから注意をそらせてくれるさ。さあ、行くぞ」

訳・真崎義博「安アパート事件」
(『ポアロ登場』ハヤカワ文庫)より

The Mirror Crack'd from Side to Side

『鏡は横にひび割れて』

アンティークのカトラリー

アンティークのカトラリーほど魅力のあるものがほかにあるでしょうか。

このミステリーで、大切な宝物であった紅茶用のスプーンを盗まれたアーサーの落胆ぶりは、当然のことだと思うのです。まして代々受け継がれたものであれば、なおさらのことです。「ジョージ王朝」のものとありますから、一七一四年から一八一一年の間のものです。

お人好しであるがために、家にある高価なカトラリーを取られてしまう妻のヘザー。

「ヘザーのような人たちは、ひとの心を傷つける可能性を持っています。——親切心は持っているのですが——自分の行為がひとにどういう影響を与えるかについての、真の意味の配慮がないからですわ」

道で転んだときにヘザーに助けられ、彼女の家で紅茶までごちそうになったミス・マープルは、初対面でありながら彼女の性質をこう分析します。夫のアーサーは彼女のこの性質にうんざりしながら毎日暮らしているわけです。カトラリーの事件も彼女独特のこの性質から起こったことのひとつということなのでしょう。

その盗まれたカトラリーの作られた年代がわかっていますが、それもイギリスの銀器なれ

『鏡は横にひび割れて』
一九六二年

ミス・マープルの住むセント・メアリー・ミード村にも都市計画の波が押し寄せていた。新しい住人たちが新住宅地にやってくる一方、村の古い屋敷「ゴシントン・ホール」が名女優のマリーナ・グレッグに買い取られる。それからまもなく、マリーナがゴシントン・ホールを会場に提供した野戦病院協会のパーティーで変死事件が起きる。きらびやかな女優の人生に隠された物語をミス・マープルが優しく推理する。

ばこそのこと。なぜかというと、イギリスでは古くから純銀のもののみ「ホールマーク」、つまり刻印を入れて品質を明らかにする義務がありました。

マークはライオンならロンドン、いかりならバーミンガム、というように製造地名を示し、アルファベットは、製造年号を年単位で表わします。加えてM＆Wならマッピン・アンド・ウェッブ社というように、製造した会社名のイニシャルが入ることもあります。

イギリスの銀製品は、このホールマークのおかげで、鑑定する上で重要なこれらの三つのことが少なくともわかるので、ごまかしがきかない仕組みになっているのです。それを調べるための「シルバー・マークス」という本まで出ているくらいです。

盗まれてしまったアーサーの紅茶用のスプーンのように、カトラリーは小さなものでもお茶の時間のセッティングには大きな役割を果たします。それがソーサーの上にのっているだけで、優雅な気分になるものです。

親から子へ、またその子へと代々受け継がれていくのが銀のカトラリー。

伝統や習慣とともに、ものを大切に、慈しんで使う心までもが受け継がれていく、古いものを大切にするイギリス人の心がそこにあるように思えます。

アーサーの紅茶用スプーンを盗んだ農夫一家はきっとどこかに売り飛ばしてお金に換えてしまったことでしょう。

アンティーク・フェアにそんな盗品の品物が並ぶこともあるのかと思うと、あまり気持ちのよいものではありませんが、アンティークには、善かれ悪しかれ歴史があるということなのでしょうか。

「お前が立ち退きを迫られていた一家を同居させてやった時みたいじゃないか。あいつらはうちの紅茶用のスプーンをみんなかっさらって行きやがった」とアーサーが言った。

「だって、アーサー！　あの人たちを追い出すわけにはいかないじゃないの。そんなことをしたのでは、無慈悲すぎるわ」

「あのスプーンはうちの家宝だったのだぞ」とバドコックは残念そうに言った。「ジョージ王朝時代のものだったのに。わたしのおふくろのおばあさんのものだったのだから」

「あんな古ぼけたスプーンのことなどは忘れてしまうのよ、アーサー。あなたはみれんがましすぎるわ」

「どうもわしは忘れることが得意じゃなさそうだよ」

訳・橋本福夫『鏡は横にひび割れて』（ハヤカワ文庫）より

ウィンブルドンに住んでいたとき、親しくしていたアンティーク・ディーラーのローラさんから購入したビクトリア朝時代のカトラリーのセット

銀器はすべてローラさんから購入したものばかり。銀器の作られた時代やメーカーなどをローラさんが細かくていねいに手書きしたタグが付いている

「料理ってばかにしたものじゃないのよ」「骨おりがいのあることなんだから」という料理上手で機転のきく家政婦のチェリーが、コーヒーについてミス・マープルにヒントを与え事件解決に導く

『鏡は横にひび割れて』にもオヴァルティンが登場する。オヴァルティンは、大麦麦芽とココアで作られていて、温かい牛乳を加えただけで鉄分やビタミンに優れた飲み物になる。今でも普通にスーパーに売られている

「あのひとは非常に親切なひとで、いつもひとの世話をしていました。なんでも自分が一番よく心得ているという自信があったらしいですわ。ひとにどう思われようとそんなことはおかまいなしなんです。わたしの伯母がやはりそうでしたわ。自分がシード・ケーキが大好きなものだから、ひとにも食べさせたり、持って行ってやったりしていましたけど、相手もシード・ケーキが好きかどうか知ろうともしないんです。中には大きらいなひとだってあるでしょう、中に入っているカラウェーのにおいがいやでたまらないというひとだって。ヘザー・バドコックもやはりそういうふうだったのですわ」

訳・橋本福夫『鏡は横にひび割れて』(ハヤカワ文庫)より

昔ながらのシード・ケーキに使われるキャラウェイ・シード。噛みしめると薄荷のようにスーッとする。『鏡は横にひび割れて』ではヘザー・バドコックの性質をいい表わすためにシードケーキも用いられている

ハンプトンコートのフラワーショーのレモネードの売店

マリーナの屋敷でのパーティで、ヘザー・バドコックはダイキリをすすめられるが、「いつもレモネードやオレンジ・ジュースをいただくことにしています」と断ろうとする。レモネードもクリスティー作品に多く登場する飲み物だ

By the Pricking of My Thumbs

『親指のうずき』

田舎の村のイングリッシュパブ

どんな小さな田舎の村でも、パブのない村はないといわれるほどの英国です。

ロンドンのビジネスマンたちが集まるパブには惹かれませんが、田舎の村のパブはアルコールに弱い私でも興味を抱かずにはいられません。なぜなら、料理上手の奥さんが腕をふるっている、家庭料理自慢のパブが少なくないからです。

タペンスがこのミステリーで食事を楽しんだ〈仔牛と旗〉亭というパブも、きっとそんな料理好きのオーナーが切り盛りしているようなパブであったに違いありません。

通りすがりの観光客向けの安っぽいフランス料理ではなく、近在の農夫たち向けのたっぷりした食事だとありますが、レストランでは味わうことのできない英国ならではの家庭料理に、家庭に招かれなくともお目にかかれる場所こそが、こうした郊外のパブの魅力でもあるのです。

私が生まれて初めてそうしたパブで食事を楽しんだ日のことは、今でも忘れられません。英国での生活をはじめてまだ間もない頃のことで、何もかもが新しい発見の連続だった毎日を過ごしていた頃のことです。週末のランチに、ホームステイ先の一家に、近くにある小さ

『親指のうずき』
一九六八年

初老になった〝おしどり探偵〟のトミー&タペンス夫妻。施設に入っているエイダ叔母を見舞ったときに、不思議な話をする老婦人ミセス・ランカスターに出会う。それから三週間後、エイダ叔母が亡くなり再び施設を訪れたトミーとタペンスは、遺品のなかに謎の絵を発見し、絵の贈り主のミセス・ランカスターの失踪を知る。絵の家に見覚えのあるタペンスは、郊外へひとり捜査へ乗り出す。

なパブへ連れて行ってもらったのでした。

一家はパブを経営する夫婦ともすっかり顔なじみで、まるで親しい友人の家にでも招かれたようにリラックスした様子。まず、カウンターに行って一家の主人が飲み物を注文します。このカウンターは後ろの棚にずらりと酒の瓶が並び、上にはグラスがかかり、パブの主人が注文に応じます。ビールのコックを引きながら英国ならではのビターをついでくれるのもこのご主人なのです。ワインやビター、サイダーなどそれぞれの飲み物を片手に、壁にかかった黒板に書かれたメニューから注文を決めるのが次のひととき。白墨で本日の特別メニューからいつもある簡単なサンドイッチまで、値段とともに細かい文字でぎっしりと書き込まれています。

この日、私が選んだのは、子羊とアプリコットのパイ。パイ料理は英国の家庭料理の代表ともいうべきものですが、これはシチューのように煮込んだ子羊とアプリコットにパイ皮をかぶせてこんがり焼いたもの。奥さんの料理の腕前は、このパイをひと口味わってみて、三ツ星級とわかるほどのものでした。デザートも別の黒板に書かれていて、そこから注文します。アップル・クランブルなる、リンゴの上にぼろぼろのビスケット生地をのせて焼いただけの素朴な家庭菓子を、初めて味わい、知ったのもこのときでした。

数あるパブのなかでも、湖水地方、ニアソーリー村にあるパブ「タワーバンク・アームズ」は、ナショナルトラストによって守られている珍しいパブ。ニアソーリー村といえば、『ピーターラビットのおはなし』を書いたビアトリクス・ポターのアトリエ兼住居であった、ヒルトップがあることで有名ですが、このタワーバンク・アームズはそのヒルトップの隣にある

「ほんとに、ずいぶん考えなきゃならないことがある——洪水、死番虫、幽霊、鎖をひきずる音、不在地主に不在家主、弁護士、銀行——だれも住みたがらないし、愛着も持っていない家——おそらくこのわたしを除いては……やれやれ、とにかくいまのわたしに必要なのは、食べ物だわ——大文字の食べ物」

〈仔羊と旗〉亭で出す料理は、質量ともに上々だった。通りすがりの観光客向けの安っぽいフランス料理ではなく、近在の農夫向けのたっぷりした、実質的な料理。風味のよい濃いスープ、豚足にアップルソースを添えたもの、スティルトンチーズ——好みにより、プラムとカスタードでもよい——タペンスはチーズを選んだ。


訳・深町眞理子『親指のうずき』（ハヤカワ文庫）より

建物です。

ポターの絵本の一冊『あひるのジマイマのおはなし』のなかでジマイマを救出するために猟犬が集まりますが、その集まる場所がこのタワーバンク・アームズの玄関先であることからこの建物も絵本に描かれているのです。

低く、梁のある天井、赤く燃える暖炉、このパブのなかに一歩踏み入れると、どこか懐かしく、ほっとするような雰囲気が感じられます。地元の人も集まる、この雰囲気はきっとポターの時代から変わることなく続いているのでしょう。

地ビールを味わいながら、湖水地方名物であるカンバーランド・ソーセージやローストビーフなど気楽に、楽しく味わうことができるのもこうした田舎のパブならではの魅力です。

高級なレストランに行ってはとても味わえないような、まるでその地に住んでいるような錯覚を覚えさせてくれるような力がパブにはあるのです。

ですから、私には田舎を訪ねた数だけパブでの思い出があるのです。

ただしパブによって食事の味の差には上から下までかなり大きいものがあります。「パブガイド」という本まで出版されていて、美味しい料理が評判のパブ情報には困りませんが、何よりも大切なのは勘といったところでしょうか。

デヴォンのB&Bに泊まったときは宿の奥さんに地元で美味しいパブを紹介してもらいました。夕食の付いていないB&Bのような宿を取り、夕食はおすすめのパブで楽しむというのもいいものです。きっとタペンスのように、事件をかぎつける持ち前の勘があれば、美味しいパブ探しにも苦労はないはずです。

つぎに持ちあがったのは、タペンスの夕食をどうするかという問題だった。近所にパブはあるか、とタペンスはたずねた。

「ないことはないですけどね、レディーの行くような場所じゃありませんよ」コプリー夫人は言った。「ただ、奥さんが卵とハム、それにパンと自家製ジャムぐらいでもかまわないとおっしゃるなら——」

訳・深町眞理子『親指のうずき』（ハヤカワ文庫）より

バーアイランドの海岸にある島唯一のパブ、ピルチャード・イン

ピルチャード・インでは地元のビールやリンゴ酒などが飲める

窓からは海が見え、食事と会話が楽しめるピルチャード・インの空間

リンゴ酒（apple cider）はフランスではシードル、イギリスではサイダーと呼ばれる

デヴォンのバックランド・アビーの近くにあるパブ「ドレーク・マナー・イン」。B&Bも併設している

ドレーク・マナー・インはフランシス・ドレークが所有していた敷地にあり、建物に使われている材木は帆船のものが使われているといわれている。店内にはドレーク卿の肖像画も飾ってある

Sing a Song of Sixpence

「六ペンスのうた」

イギリスの魚屋さん

クリスティーの作品のなかには、魚が配達されてくる場面がよく出てきます。このミステリーでは、「まちがった鱈をとどけてきた」とありますが、これはタラの仲間である魚が数種類あることを知れば、うなずけることです。

イギリスではタラのほかにも、ハドック、ホワイティング、ハリバットなどのタラの仲間の魚が数種類あるのです。

このミステリーの登場人物である、亡くなったミス・クラブトリーは、タラを使っていったい何を料理するつもりだったのでしょうか。家庭料理では定番ともいえるタラのフィッシュ・パイでも作る予定だったのでしょうか。

魚屋の配達といえば、私もウィンブルドンで暮らした四年間にずいぶんお世話になりました。「プップップップー」と、クラクションの合図とともに、やって来るのは、白いバンに乗った魚屋さん。

私たちが住むフラット（日本風にいえばマンション）には、毎週火曜日の昼下がりに必ずその魚屋さんが来るのです。

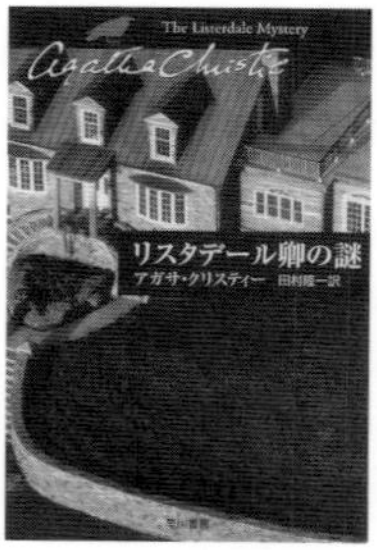

「六ペンスのうた」
一九三四年

サー・エドワードはかつて敏腕な刑事弁護人だったが現在は第一線を退き、ロンドンの静かな路地の一角で、犯罪学の書物を渉猟する生活を送っていた。そんな彼の家に若い女性が訪ねてくる。彼女の依頼は、殺された叔母の犯人として疑われている自分たち家族四人を助けてほしいというものだった。十年前、少女だった彼女と交わした約束通り、サー・エドワードは殺人現場の調査を開始する。

魚屋さんというと、でっぷり太ったおじさんでも現われそうに想像しますが、このバンから降りて来るのはリサとジョーというまだ三〇代と思われる若い夫婦。

ふたりはグリムズビーというリバプールにほど近いイギリス東海岸の漁港の町から、その朝捕れたばかりの魚をバンに積んで、はるばるロンドンのウィンブルドンまで売りにやって来るのです。

白いバンの後ろを開けると、そこが魚のディスプレー。

ずらりといろいろな魚が並んだ、まるで魚屋の店先といった感じですが、何が日本の魚屋と違うかといえば、魚がひと切れずつ切られて並んでいないこと。半身や一匹ごと並んでいて、客の好みでいかようにも切ってくれるところです。

サケも丸ごとを幾匹もそのバンに持っていて、客は、「これくらいの厚さの切り身を、二切れ」という言い方でその一匹から切り分けてもらえます。

サーモンパイや、クックさんから習ったコールドサーモンを作るのにかたまりで欲しいときには「このくらい」と鮭の部分を指差して買えるので、本当に便利でした。

さて、フィッシュ・パイとは、かたまりで買ったタラを自分で大きく切り分けてクリーム煮にし、深いパイ皿に入れ、上にマッシュポテトでふたをしてオーブンで焼いたもの。

白いバンの魚屋さんは、冬になると、タラの頬にある身をチーク・ミートと呼んで、フィッシュ・パイ用に用意していました。

チーク・ミートは、骨もなく、しかもやわらかいので湯豆腐などにしてもとても美味しいしいものでした。日本ではなぜ売っていないのだろう、とイギリスにいて不思議にも思いま

「肉屋なんてものはならず者のぺてん師だ、とおっしゃいました。それから、お茶を四分の一ポンド買いすぎている、ともおっしゃいました。それに、クラブトリーの奥さまがマーガリンをお嫌いなことについて、ばかにもほどがある、とも。それから、わたしがお持ちしたお釣りの中にあった六ペンス銀貨が気に入らないとおっしゃって——カシの葉の模様がついている新しい銀貨でございますよ——（略）それから——ああ、そうでございました、魚屋がまちがった鱈をとどけてきたけれど、そのことを魚屋にいってやったか、とおっしゃいましたので、そういいましたと申しあげました——それから、さようでございますね、これでぜんぶだと思いますです」

訳・田村隆一「六ペンスのうた」
（『リスタデール卿の謎』ハヤカワ文庫）より

した。

　なぜ、週一回来るこの魚屋さんを住人たちが待ち焦がれるのかというと、イギリスのスーパーに行ってみれば一目瞭然といったところ。なにしろ魚が並ぶ冷蔵ケースときたら肉のケースの三分の一程度の広さしかありません。

　魚の種類といい、新鮮さといいリサとジョーのこの白いバンの魚屋さんには比べようもないほど劣るのです。日本と同じ島国でありながら、値段といったらサケの切り身が牛のステーキよりも高かったりするのですから、魚はスーパーで買えなくなってしまうのです。

　リサとジョーのおかげで普通では手に入らない魚にも恵まれ、イギリスにいながら豊かな食生活を送ることができました。

　しかもこのふたりはとても親切で、「スケート」というエイのひれをゆでてバターソースで味わうこと、アンコウの角切りもソテーにすると美味しいなど、私には未知の魚の食べ方までも教えてくれました。

　魚を通してわかるイギリス人の食生活を、このふたりを通して教わったように感じています。

クリスティーのグリーンウェイの屋敷にある魚の皿

魚屋のフレッド・タイラーね。いつもシリングの金額欄に1を書いちゃうのよ。当節では、わたしたちが食べるぐらいのお魚を買っていても、ずいぶん勘定が大きくなってしまいますものね。おまけに、たいていの人は、ろくに計算もしてみないんですもの。そういうわけですから、いつもの魚屋のフレッド・タイラーにポケットに一シリングは持っております。

訳・田村隆一『予告殺人』（ハヤカワ文庫）より

バンに乗ってやってくる魚屋。手に持っているのはクリスティー作品にもよく登場するドーバーソール（舌平目）

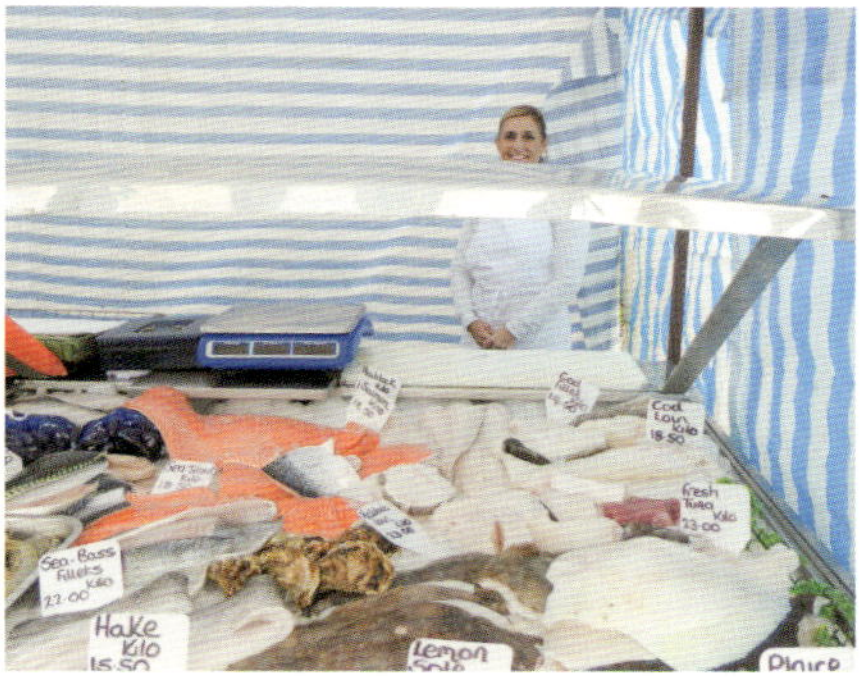

サウスウェルのマーケットの魚屋。ハドック、コッドなどタラの仲間も売っている

サーモンやスズキ、レモンソール（舌平目）も大きなサイズで売られている

「SMK Haddock」燻製にしたタラも売っている

ロンドンのバラ・マーケットの魚屋。カニや貝類も豊富

燻製したタラ（フィナン・ハディ）とポーチドエッグはイギリスの朝食の定番

Postern of Fate

『運命の裏木戸』

ビクトリア朝の陶器の献立表

イギリスでビクトリア朝時代がブームになったことがあります。
ちょうどその頃ウィンブルドンに住んでいたのですが、当時放送していたＢＢＣ製作の『ビクトリアン・キッチン』という番組も大変な人気を呼びました。

ビクトリア時代そのもののキッチンを実際にある古い屋敷内に再現し、料理の材料である野菜や果物を栽培する菜園までも復現したという手の込んだこの番組は、当時の道具を使っての料理法を紹介しながら、その暮らしぶりがいかなるものであったかを忠実に伝えています。

電気製品もなく、今と比べればあらゆることに不便であったぶん、主婦の手によって何もかも創り出した家庭の営みがあったわけです。

それは現代では忘れられつつある、暮らしを創造する喜びを生み出していた時代だったともいえるような気がします。

便利になりすぎてしまったために失ってしまった暮らしの営み、それをいとおしく思う多くの人の心が、この番組をヒットさせた理由なのではないか、私にはそう思えました。

『運命の裏木戸』
一九七三年

老後の暮らしのために田舎の家に引越した〝おしどり探偵〟のトミー&タペンス夫婦。新居の書棚を整理中、古い本のなかに「メアリ・ジョーダンの死は自然死ではない。犯人はわたしたちのなかにいる。わたしには誰だかわかっている」というメッセージを発見する。村人たちから話を聞き出したタペンスは、かつてメアリという育児係がいて、毒によって死んだ事実を知る。さらに本格的に調査に乗り出した老夫婦探偵は、平和な田舎の村に隠された意外な事実を明らかにする……！

このミステリーのなかで、古い食器棚からタペンスが見つけ出した陶器の献立表こそ、まさしくこの時代のものだったようです。

トミーとタペンス夫婦が新たに越してきた家はよほど古い旧家だったのでしょう。

華やかな晩さん会が行われた日のそのメニューが紙ならぬ陶器に書かれてひとりずつ席に置かれたに違いありません。

イギリスの食事の歴史を辿ってみると、食事形式が確立し、フルコースによる正式な料理がふるまわれるようになったのはこのビクトリア朝時代とのこと。

今から百年余り前と、かなり最近の出来事なのです。

実は、卵料理をメインとした今でいう典型的なイギリスの朝食もこの時代にはじまったといいます。

タペンスですらこの献立表を見て、スープが二皿出たり、魚料理も二種類出たうえに骨付き肉の料理が出たことを知ってその量の多さにひたすら驚いたようですが、当時の人は本当にたくさん食べ、飲んでいたようです。

なにしろフルコースのしめくくりとして食欲を促す前菜にあたるセイボリーズ（辛みの料理）なるひと皿が消化薬の役目として供されたほどですから、その豊富さは察せられようというもの。

この後にさらに美しい型で作ったゼリーなどのデザートや、ポルトやシェリー酒といった食後酒へと続くのです。


（略）きっと、わたしたちの前の一家のだわ。でも、一番上の棚に、昔、パーティのときに使ったヴィクトリア朝風の陶器の献立表が積み重ねてあったの。すごいのよ、その献立といったら――ほんとうに頬っぺたのおちそうなご馳走ばっかり。夕食がすんだら、少し読んであげるわ。すばらしいのよ。スープがね、コンソメとポタージュと二皿出るの。そのうえ、二種類の魚料理とアントレが二つ、それからサラダみたいなもの。それから骨つき肉が出て、それからあと――よく憶えていないわ、次はなんだったかしら。ソルベかな――これはアイス・クリームのことでしょう？　それから、ええ、ほんとうに――ロブスターのサラダ！　いったい信じられて？」

訳・中村能三『運命の裏木戸』（ハヤカワ文庫）より

タペンスが新居で作る料理はハーブを使ったキャセロール。写真はイギリス北西部、ランカスター地方の煮込み料理「ホットポット」に使うキャセロール鍋。ラム肉をタイムやパセリ、月桂樹などを入れて煮込む。

「小麦粉はたいてい三ポンド入りの袋のを買う」というタペンスのセリフがあるが、現在も3ポンド（約1.5kg）入りの袋で売られている小麦粉もある

バーバー夫人の朝のコーヒーパーティに出てくるのはエクレア。クリスティー作品にはエクレアもたびたび登場する。写真はコッツウォルズのホテルのアフタヌーン・ティーで出されたエクレア

トミー＆タペンスのベレズフォード家の使用人、料理上手のアルバートが作るデザートは糖蜜（トリークル）タルト。アルバートの亡くなった妻、エミーの得意料理でもあった。イギリスの定番のお菓子

「まだお着きにならないでしょう。いまのは食料品屋でございますよ。まさかとお思いでしょうが――卵の値段がまた上がりました。わたし、もう二度といまの政府には投票いたしません。こんどは自由党に投票しますよ」

「今晩の大黄のフールは、わたしが下ごしらえしましょうか？」

「もう下ごしらえしてございます。奥さまがおつくりになるのをたびたび拝見しておりますので、こつはわかっておりますから」

「あなた、ゆくゆくは名人級のコック（コルドン・ブルー・シェフ）になれてよ、アルバート。ジャネットはフールが大好きなの」

「はい、それに、糖蜜のタルトもこしらえました――アンドルーぼっちゃまは糖蜜のタルトが大好きでございますからね」

訳・中村能三『運命の裏木戸』（ハヤカワ文庫）より

糖蜜タルト

トミーとタペンスが食後に食べる糖蜜タルト。
レシピは164ページへ

Recipe

糖蜜タルト

Treacle Tart

材料 （直径7cmのもの約12個分）

○ショートクラスト・ペストリー
薄力粉……125g
無塩バター……75g
グラニュー糖……大さじ1/2
卵黄……1/2個
冷水……大さじ1/2〜1

○フィリング
ゴールデンシロップまたは、蜂蜜……120g
卵……1/4個
パン粉……20g
生クリーム……大さじ1
レモン汁……小さじ1/2

作り方

1. まずショートクラスト・ペストリーを作る。薄力粉をふるってボールに入れ、そこに1cm角に切り、冷やしておいたバターを加え、粉をまぶしながらスケッパーで刻む（バターがあずき粒大になるまで）。手のひらをすり合せるようにしてバターと粉をなじませる（さらさらのパン粉状になるまで）。グラニュー糖を加える。

2. 卵黄と冷水をよく混ぜたものを手順1に加えて、ゴムべらで切るように混ぜる。ひとつにまとめてラップ材で包み、冷蔵庫で最低1時間、できればひと晩ねかせる。

3. ショートクラスト・ペストリーを面棒で5mm厚さ程度にのし、直径7cmの菊型で抜き取り、型の底に敷く。使うまで冷蔵庫で休ませておく。

4. フィリングを作る。ゴールデンシロップまたは蜂蜜を鍋に入れて温める。火からおろし、卵を溶いたもの、生クリーム、レモン汁を順に加え、最後にパン粉を加えてよく混ぜる。粗熱を取る。

5. 手順3の冷やしておいたタルト皮を取り出し、そこにフォークで穴を2か所くらい開ける。そのなかに8分目ほど手順4のフィリングを入れる。

6. あらかじめ170℃に温めておいたオーブンに入れて、皮がこんがりと色づく程度に20分ほど焼く。

『運命の裏木戸』に登場する陶器の献立表にあるエビのサラダはおそらく「ポッテド・シュリンプ」のことで、セイボリーズにあたる一品のようです。

イギリスではエビといえばシュリンプ（小エビ）、ブローン（車エビ）、ロブスター（海ザリガニ）が主なる三種類ですが、皮をむいた身をバターとスパイスで調味し、専用の陶器に詰めたものをポッテド・シュリンプと呼んでいました。

表面を溶かした牛脂で密閉したこの保存食を入れたふた付きの陶製の器も、献立表と同じくビクトリア朝時代に流行しました。

その器がアンティークとしてコレクターもいるほど人気があるものですから、タペンスの家の食器棚にもひとつくらいあったかもしれません。

私もビクトリア朝時代のものはイギリスに住んでいる間にいろいろと集めました。おもにお茶用の道具ですが、銀のポット、ボンボン入れ、銀のカトラリー、プレスド・ガラスのセロリーベースやケーキスタンドなど今も大切に使っています。

道具から昔の暮らしを知る、そんな楽しみもアンティークの醍醐味です。

「でも、名前は、その人のいうことや話すことほどメモしてないのよ。あの陶器の献立表には、みんなすっかり感激してね。それというのも、その日はなにか特別のパーティで、みんなころおきなく楽しんで、すばらしいご馳走を食べたらしいの――そんなご馳走はそれまでなかったことで、みんな、この日はじめてロブスターのサラダを食べたらしいわ。お金持ちの流行を追う家ではロブスターのサラダは骨つき肉のあとに出るものだと、話には聞いていたそうだけど、でも、その人たちのところではそうじゃなかったのよ」

訳・中村能三『運命の裏木戸』（ハヤカワ文庫）より

イギリスの庭に実っていたスモモ（greengage）。「スモモといえば、このごろではほとんど見かけなくなりましたわね、ほんとのスモモは」とタペンスとバーバー夫人が語り合う

「たぶん、そうだわ、たぶん戸棚には雷鳥の冷肉が入っていたのよ、おいしそうだこと！」とタペンスがいうようにイギリスではライチョウを普通に食べる。写真の肉屋も右端にライチョウ（グラウス）を売っている

メアリの変死の原因ではないかといわれる毒を持つキツネノテブクロ（和名）、英名はジギタリスまたはフォクスグローブ。強心剤としての薬効も持つ

このミステリーで、ホウレンソウやレタスの葉と間違えられたといわれるキツネノテブクロの葉

　なんでも、料理人がばかなまちがいをしたんだって話ですわ。キツネノテブクロを摘んできたんです、ホウレンソウとまちがえたんですよ――それともレタスだったかしら。いえ、ほかのものでしたわ。ベラドンナだったっていう話もあるんですけど、まさかそんなことはありませんわね。

訳・中村能三『運命の裏木戸』（ハヤカワ文庫）より

クリスティーのグリーウェイの庭に育つルバーブ。「大黄（ルバーブ）のフール」はタペンスがよく作るデザート

スーパーにもルバーブのフールが売られているほど定番のデザート

庭に実るクラブ・アップル。諜報員のロビンソンとトミーは捜査の合言葉に「クラブ・アップルのゼリー」という言葉を使う

イギリスのレタス畑。「Webbs Wonderful」「tom thumb」「Elyburg」「Amaze」などいろんな種類がある。『運命の裏木戸』では、畑仕事に慣れないタペンスに村の少年がレタスの育て方を教える

タペンスはヘンリー・ボドリコットの巧みな手先を見守った。

「ほら、これでいいんですよ。すごいや、みごとですね、このレタス。〝ウェッブス・ワンダフル〟でしょう？　これは長いこと食べられるんですよ」

「〝トム・サムズ〟はもうおしまいね」

「そうです。小さめの、育ちのはやいやつでしょう？　とってもぱりぱりしていて、味がよくて」


訳・中村能三『運命の裏木戸』（ハヤカワ文庫）より

Murder is Easy

『殺人は容易だ』

ほんもののラプサン・スーチョン

「ラプサン・スーチョン」

このまるで呪文のような紅茶の名前を初めて聞いたのは、貴族の友人からでした。どの紅茶の種類が好きか、という話題になったときに、私の好みはダージリンと一般的だったのに対して彼はラプサン・スーチョンだったのです。

そのとき初めて、紅茶の種類にはインド、セイロンのほかに中国茶もあって、そのひとつにラプサン・スーチョンがあることを驚きを持って知ったのでした。

実際に味わってみると、松の木で焙《あぶ》ったというだけあって松やに臭い、独特の強い香り。「スモークサーモンか、ベーコンか、といった香りがする」と表現した本もあるように、まさしくそんなクセのある風味で、私としてはとても美味しいと思える味ではありません。

紅茶通の、しかも力強い風味が好みの男性向きの紅茶といえるようです。

この紅茶ほど、好きか嫌いかの二派にはっきりと分かれるものもほかにないことでしょう。

このミステリーでも、ブリジェットは私のようにラプサン・スーチョンが嫌いだったので、出されたこのお茶を窓から捨ててしまいます。

『殺人は容易だ』
一九三九年

植民地勤務からイギリスへ帰ってきた元警官のルークは、ロンドンへ行く汽車のなかで老婦人と出会う。ウィッチ・アンダー・アッシュ村で起きている連続殺人についてロンドンの警視庁へ告発しにいくという老婦人の話を、半信半疑で聞いていたルークだったが、翌朝の新聞で彼女が事故で死亡したことを知る。しかも、次の犠牲者になると彼女が予告していた人物が亡くなったことも新聞で知ることとなった。ウィッチ・アンダー・アッシュ村に住んでいるいとこのブリジェットを訪ねて、ルークは事件の真相を探りにいく……。

ところが後に、それが幸いして命びろいすることになるのですから、人生はどこで運命が変わってしまうかわかりません。

ところでここに出てくる「ほんもののラプサン・スーチョン」とはどういう意味なのでしょうか。

春山行夫著『紅茶の文化史』によれば、イギリスで紅茶が家庭の飲み物として出まわったのは、ジョージ一世の治世（一七一四～一七二七年）でした。しかし出まわったとはいえ値段は高く、家庭では使用人には扱わせず、鍵がかかる茶入れに保存しておいたとのこと。

こうした高価なものだったわけですから、密輸の茶やニセの茶の横行もひどかったようです。

ニセの茶には、紅茶のなかにほかの種類の葉で作った茶を混ぜたり、見せかけをよくするために下等な茶に色をつけたものが存在したとのことで、〝ニセのラプサン・スーチョン〟はこうした紅茶に松をいぶしたようなニセの香りをつけたものだったのかもしれません。

粗い、よりの大きな葉で色も真っ黒ですから、香りはそっくりとまでいかなくても、簡単にニセものが作れてしまったのではないでしょうか。

ヨーロッパに輸入された中国茶は初期には緑茶だったようですが、色づけしたり、ニセ茶が混じっていたりしたため一般の人々から好まれなくなり、それに代わって紅茶（ブラック・ティー）が受け入れられるようになったといいます。

私は最初に味わったときの印象から長いことラプサン・スーチョンは嫌いだと思い込んでいましたが、ほんもののラプサン・スーチョンを紅茶研究家の川谷眞佐枝氏からいただく機

ブリジェットのほしいのは、ジンのたっぷり入った強いカクテルだったが、しかしそんな飲み物が用意されているとは思えなかった。彼女はお茶は大嫌いだった。それはたいがい胃腸をこわした。しかしミス・ウェインフリートは、この若い客の体にいちばんいいのはお茶だといって、むりやりすすめた。そしてそそくさと部屋を出ると、五分ほどたってから、香ばしい湯気のたった飲み物で満たした二つのきれいなドレスデン焼きのカップを盆に載せて、顔を輝かせながらまた現われた。

「ほんもののラプサン・スーチョンよ」と、彼女は誇らしげにいった。

紅茶よりも中国茶がいっそう嫌いなブリジェットは、気乗りしない微笑を投げた。

訳・高橋豊『殺人は容易だ』（ハヤカワ文庫）より

会があり、そのイメージは一変しました。

川谷氏は、中国南部、福建省崇安県桐木地区で十八世紀から生産されているこの歴史のある茶が、松柏《しょうはく》を燃料にして茶葉を乾燥させるところを視察され、貴重なそのお茶を分けてくださったのです。

独特のいぶしたような香りが特徴ですが、そのほのかないぶしの香りは、とても上品で、優しいものでした。

中国では王様しか飲むことができないというほど、高価な紅茶であることもうなずける上品な風味です。

市販のラプサン・スーチョンは人工的な香料のような、とても強い香りと味があるためどうしても好きになれませんでしたが、これぞ本物、とクリスティーのこの場面を思い出し、ひとりうなずいてしまいました。

ミス・ウェインフリートも〝ほんもの〟といえばブリジェットがきっと喜んで彼女の出したラプサン・スーチョンを飲むに違いないと思ったのでしょう。

彼女のほんものとは、私がいただのと同じ福建省のこの地区で作られた、正真正銘のものだったのでしょうか？

イギリスの暮らしのなかに取り入れられているラベンダー

鍵となる人物、ミス・ウェインフリートの優雅に整った小さな応接間にただようのはラベンダーの香り

疑惑の人物、ホイットフィールド卿の目を、ルークは「煮あげたスグリのような目」と表現する。「スグリのような目」という表現はクリスティー作品によく登場する。煮ても、スグリ（グーズベリー）は写真のように澄んだ緑色をしている

木に実っているスグリ

八百屋の店先で売られているスグリの実

危険にさらされ動揺したブリジェットが気持ちを落ち着かせるためにほしかったのはお茶ではなくジンの入ったカクテルだった。ジンもイギリスを代表するお酒でいろいろな銘柄がある

オーガニックの食材を扱うデイルズフォードのラプサン・スーチョンはなかなかの美味しさ

ホイットフィールド卿の屋敷の菜園で育てられているのはグリーン・ピース。グリーン・ピースはメイン料理の付け合せとしてよく食べられる。フィッシュ＆チップスにはマッシュにしたグリーンピースが添えられることが多い

One, Two, Buckle My Shoe

『愛国殺人』

イギリス式薬草園

フランスで庭園巡りの旅をしたことがあります。噴水を中央にして通路によって左右対称にきちんと区切られ、そのなかには幾何学模様を作るように、色とりどりの花が整然と植え込まれた、まさしくベルサイユ宮殿風の庭園ばかりでした。王室のもとで発展した庭園様式の歴史が今も残っているのです。これは、「フランス式（整形）庭園」としてヨーロッパじゅうに広まったものでした。これに対し十八世紀になってイギリスで生まれた「イギリス式（風景式）庭園」とは、手を加えながらも、野生のままの自然を残したような庭園のことです。

ベルギー生まれのポアロはフランス式の整った庭園を散策するのがお好きなようです。

私はといえば香りあふれるハーブが盛り込まれたような、イギリスのコテージガーデンに惹かれてしまいます。サセックスにあるシシングハーストやローズマリー・ヴェアリーさんの庭だったバーンズリーハウスなどが大好きです。そういえばバーンズリーハウスにもローズマリー・ヴェアリーさんご自慢のキッチンガーデンがあって、彼女は「必ず見て行ってね」と塀の向こうを指さしていってくれましたっけ。そのバーンズリーハウスは二〇〇一年にローズマリー・ヴェアリーさんの亡き後、おしゃれなホテルになっています。

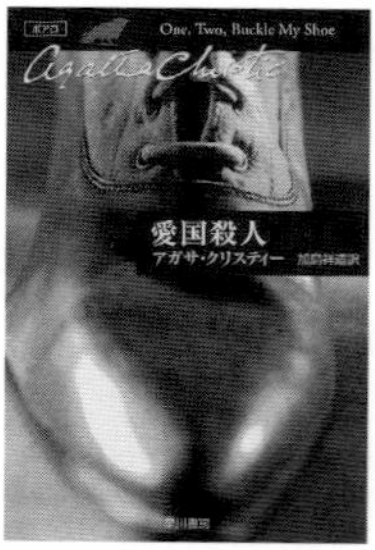

『愛国殺人』
一九四〇年

いつもの歯科医院で治療したポアロは帰宅後、担当医が自殺したことを知らされる。しかし歯科医には自殺の理由が何も見当たらない。病院に出入りする人々の尋問が進むなか、今度は患者のひとりが心臓のけいれんで急死する。二つの死亡事件の関連は？

ハーブガーデンも今まで数え切れないほど訪ね歩きましたが、ポアロが歩いているような個人の家の庭に作られたものからナショナル・トラストによって保存、管理されているような貴族の家の庭に作られた大規模なものまでいろいろ。このミステリーではポアロは銀行頭取のブラント氏の郊外にあるすばらしい家に招かれたとはいえ、殺人事件解明に頭を悩ましているわけですから、この庭園の花々の香りにはおおいに元気づけられたに違いありません。

ブラント氏自身、そのエクシャムにある家に向かう途中の車のなかで彼の庭園や最近の園芸の展示会についてポアロに話すほどですから、まさしく園芸好きの典型的なイギリス紳士といったところ。バラ園、アルプス式岩石庭園、キッチンガーデンまで庭師を雇って作らせているくらいですから、庭への熱の入れようはかなりのものです。

誰もがブラント氏のような園芸好きというお国柄、「イエローブック」と呼ばれる庭巡りのガイドブックが、イギリスでは春を前にして本屋の店先にうず高く積まれて目につきます。

この本は、イギリス全土にわたる三五〇〇件以上の個人所有の庭の所在地とオープンの日時を知らせる案内書です。春が近づくと多くの家庭で早くこの本が出ないか、今年はどこの庭を訪ね歩こうかと、早くプランをたてたくて胸をわくわくさせます。もしかしたら裕福なブラント氏の庭園もこの「イエローブック」に載っていたかもしれません。

「イエローブック」は、「英国ザ・ナショナル・ガーデンズ・スキーム」（The National Gardens Scheme of England and Wales）が発行しているものです。この組織は一九二七年にミス・エルジー・ウィッグが「女王陛下の看護協会」を支える基金のために個人の庭の持ち主たちに「庭園からのチャリティー」を呼びかけることによってはじまりました。

薬草園には美しい花がいっぱいだったが、ポアロは、きちんと配列よく植えてある普通の花壇の方が好きだった――オステンド（ベルギーにある海港都市）でよく見かけた、きちんと行儀よく植えられた赤いゼラニウムの花壇のような――それにもかかわらず、彼はこれがイギリス式庭園の粋を集めているのを見てとった。

彼はバラ園の中への歩を進めた。そこはなかなか巧みに設計した花壇だったので彼の目を喜ばせた。そしてアルプス式岩石庭園（ロックガーデン）の曲がりくねった道をぬけると、しまいに垣根にかこまれた菜園に出てしまった。

訳・加島祥造『愛国殺人』（ハヤカワ文庫）より

春から秋にかけて自分の庭を一般にオープンすることによって集まった入園料をチャリティー団体へと寄付していて、その額は毎年三億六千万円にものぼるとのこと。

一九八〇年にはエリザベス皇太后がパトロンとなり、二〇〇四年からはチャールズ皇太子がこの組織のパトロンに就任するなど王室の協力も得て、もはや国ぐるみの活動となっているのはすばらしいことです。庭からのチャリティー、その精神がイギリスらしい温かさを感じるではありませんか。こうした庭では奥さんが焼いたケーキがお茶とともに用意されていることも多く、お手製のお菓子で素敵な庭を見ながらお茶を楽しむというおまけが用意されているのもうれしいことです。庭作りに熱心なイギリス人のことですから、よその庭を見て自分の庭に生かすアイデアをも得る良いチャンスにもなっているのです。

日本でもこの活動を広めようとN.G.S.ジャパン（社団法人）が二〇〇一年から活動し、チャリティーとして庭園の入園料を日本の福祉に寄付しています。イギリスのような精神を持って、日本にもそうした活動が広まるよう願うところです。

このミステリーを読んでいると、庭園を散歩するポアロの気分と重なり、夏に訪ねたアメリカン・ミュージアムのハーブガーデンを思い出します。そこにはミント、セージ、ラベンダーなど色とりどりの花をつけたハーブたちが、輝く光を浴びて香りをふりまくように咲き乱れていました。毎日午後になると、おばさんたちがこの庭からハーブを摘んではタッジー・マッジーという花束作りをはじめます。手にすっぽりとおさまるほどの大きさのこの花束こそ、まさしくハーブガーデンの香りの結晶そのもの。お洒落なポアロもこの花束なら気に入るはずです。


「けれど、伯父さまは現状にどうして満足していられるの？不必要で、不平等で、不正直なことばかりよ。それをなんとかしなくちゃいけないんだわ！」

「私たちは、いろんなことをよく考えて、この国で気持ちよく暮らしているんだよ、ジェイン」

ジェインは熱をこめていった。

「新しい天地が必要なのよ！　伯父さまなんかここに座ってキドニー・パイでも食べてればいいのよ！」

訳・加島祥造『愛国殺人』（ハヤカワ文庫）より

ローズマリー・ベアリー夫人にも仕えた庭師。バーンズリーハウスの庭をよく知り、今も美しく整える。クリスティー作品ではたびたび登場人物が庭師のふりをして計画を遂行する

クリスティーも愛読した詩人、小説家であるウォルター・スコットの家「アボッツ・フォードハウス」の薬草園

バラ園が有名な、ナショナルトラスト所有の庭園、モティスフォント

ジャップ警部との電話で考えに沈むポアロに、執事のジョージがココアとビスケットを用意してくれる。写真はグリーンウェイのクリスティー宅にあるビスケットの壺

イギリス式庭園を愛する典型的なイギリス紳士、保守的なバーンズ氏は姪に「キドニー・パイでも食べていればいい」と揶揄される。キドニー・パイがいかにイギリスの定番料理かがわかる

ポアロがバーンズ氏の家で食べるイギリス式料理は「大陸風ではないスープ、家庭菜園の青豆のはしりをそえた仔羊の鞍下肉、苺クリーム」。イギリスのスープは野菜たっぷりのものが多く、美味しい

Dead Man's Folly

『死者のあやまち』

黄金色のコーニッシュ・パスティー

この作品のなかでポアロはタクシーの運転手に「コーンウォール地方の肉のパイに用心しろ」と注意をうながされます。このパイは原文では「Cornish Pasty コーニッシュ・パスティー」で、「コーニッシュ」は「コーンウォール地方の」の意。イギリス南西部に突き出る半島に当たる、コーンウォール地方生まれのパイ、という意味です。デヴォンやコーンウォール地方に行くと、パン屋や、フィッシュ&チップス屋の店先にもこの黄金色に輝くパイがうず高く盛られて売られているのが見られ、この地方の名物であることがわかります。

外見からすると、まるで餃子を巨大にしたような形。食べたことがなければ、この巨大なパイのなかにはいったい何が詰まっているのだろう、と興味がわくことでしょう。

コーンウォールの街角を歩いていると、このパイをかじりながら歩いている人にあちらこちらで出くわします。そもそもこのパイは、この地方にいくつもあった錫の鉱山で働く人たちのお弁当でした。ひとたび鉱山の仕事に入ると、昼食に外に出ることもままならない労働者にとって、崩れにくいパイ皮のなかに具がたっぷりと詰まったこのパイがとても重宝だったのです。そこから農夫、漁師といった一日中屋外で働く人たちもこのパイをお弁当として

『死者のあやまち』
一九五六年

ポアロのもとへ推理作家のミセス・オリヴァから緊急の電話がかかる。それはいますぐデヴォンシャーのナス屋敷へ来てくれというものだった。ダートムアの丘を上りポアロがナス屋敷に到着すると、オリヴァ夫人は明日の祭りの余興として彼女が演出する、犯人探しゲームに腑に落ちないものを感じるという。ゲームの主催者であるスタッブス卿のナス屋敷に泊まったポアロとオリヴァは、祭りの当日、ゲームの死体役の少女が本当に殺されてしまったことを発見する……！　のどかな田舎の屋敷で起きた卑劣な事件をポアロが解決する。

持ち歩くようになったようです。おもしろいことに、家庭で焼くこのパイは端に食べる人のイニシャルを入れて焼くのが習慣でした。みんな同じような形をしたこのパイを自分のお弁当に持ってくるので、どれがだれのパイか、名前を入れることで見分けがつくのです。食べるときはイニシャルの入っていない端から食べ、もしも途中で食べかけのパイを置いておかなければならなくなったとしても、自分のパイがどれかひと目でわかるというわけです。

作り方はとても簡単。ソーサーほどの大きさの丸いペイストリーで具を包んで、周りをねじるようにしてしっかりと止め、Dの形にしてから焼きます。その中身は牛のひき肉、カブ、ジャガイモ、タマネギが昔ながらの定番です。貧しいと牛肉が入らずにジャガイモだらけということもあったようですが……。とにかく何を入れて作ってもいいというのがこのパスティーでした。十九世紀になるとその鉱山で働く人たちによって、半分がデザート用に甘い味、半分が食事用の味というひとつで二つの味が楽しめるパスティーも作られるようになったといいます。

この地方の人はなんでもパスティーに入れて焼いてしまう、というポアロを乗せたタクシーの運転手の言葉は、昔からのこんな言い伝えにも残っています。

「悪魔ですらデヴォンからタマール川を越えてコーンウォールへは決してやってこない」

なぜならコーンウォール地方の人々ときたら、なんでも刻んでパスティーのなかに入れてしまうものだから、悪魔ですら自分も刻んで、パスティーに入れられてしまうのではないか、それが恐ろしくてコーンウォールにはやってこないという意味が込められているのです。

このとき、運転手は、道がわかれているところでゆっくり停車した。娘たちは車からおりると、二つのちがった言葉でお礼を言って、左の道をのぼっていった。一時、運転手は、その尊大ぶった無関心さをすてると、いかにも情をこめて言った。

「子牛ハムのパイだけにかぎりませんよ。コーンウォール地方の肉のパイには用心していただかないといけません。連中ときたら、休暇にはなんでも肉パイに詰めますからな」

訳・田村隆一『死者のあやまち』（ハヤカワ文庫）より

デヴォンで売られていたコーニッシュ・パスティー

コーニッシュ・パスティーの中身は牛のひき肉、ジャガイモ、タマネギがたっぷり

デヴォンにあるコーニッシュ・パスティーも売るパン屋さん

このミステリーには「デヴォンシャー産の特濃アイス」が出てくるが、ダートマスではデヴォンクリームをたっぷりのせたアイスが売られている

黄色く濃厚なデヴォンシャー・クリーム＝クロテッド・クリーム

「ナス屋敷の庭の小路」のモデルとなった、グリーンウェイ屋敷の庭。こうした緑に囲まれた小道が至るところにあり、この道を通って庭を散策できる

『死者のあやまち』の舞台のモデルとなった、クリスティーのグリーンウェイ屋敷のボートハウス

ダート川を行きかう船、のどかな景色を眺めながら、クリスティーはこのボートハウスでバーベキュー・パーティなどを催して楽しんだ

スタッブス卿が食べるのは、スクランブルエッグとハム、それにインゲン豆という「正式の英国風の朝食」

殺人が起きた朝、ポアロは、トーストにほんのちょっぴりマーマレードをつけ、こわごわひと口かじる

ヘルマス（ダートマスがモデル）の河口からナス屋敷（グリーンウェイ屋敷がモデル）へさかのぼる観光船が事件解決の鍵となる

「デヴォン・ベル号」のモデルになった「ダートマス・ベル号」

The Seven Dials Mystery

『七つの時計』

下町のフィッシュ&チップス

このミステリーでバンドルとビルがフィッシュ&チップスを食べているのは、セブン・ダイヤルズ・クラブ。ハンスタントン街十四番地という、かつての貧民窟の名残りをそのままとどめているのがこのナイトクラブというわけです。賭博室が二階にあるため、やくざ風の男がいたり、外交官であるビルのように、この界隈で芝居を観た後に食事に寄る客がいたり、芸術家タイプの風変わりな客が集まって来たりするたまり場でもある店なのです。

「魚フライのにおいは今にも気が遠くなりそうなほどだった」と良家の娘であるバンドルが思うところから察すると、食事を楽しむ場所といってもここでは「楽しむ」にはほど遠い、むさくるしい雰囲気が思い浮かびます。もしかしたら食事のメニューといっても、このフィッシュ&チップスくらいしかないのかもしれません。

そもそもフィッシュ&チップスは、ロンドンの下町に見られる立ち食いの小さな店で売られている、ロンドンの庶民の味。お昼時ともなれば、店先には近くの会社や工場で働く人たちの長い行列ができ、夕食時にはお総菜として買いに来る主婦たちもいるといった具合でしょうか。ちょうど私たちが、お肉屋さんの店先で、揚げたてのコロッケを買うようなものか

『七つの時計』
一九二九年

ロンドン郊外にある由緒ある大邸宅、チムニーズ館で若き外交官のジェリーが変死した。一緒に滞在していた友人たちはショックを受けるが、彼の枕元にいたずらで置いた八つの時計が七つしかない異変に気付く。館の主であるケイタラム侯爵の娘バンドルは、奇妙な事件に好奇心をそそられ「セブン・ダイヤルズ」という言葉が事件の鍵であることをつかむ。バンドル、ジェリーの友人たち、バトル警部が活躍する冒険ミステリー。

もしれません。こうした小さな店では、コッドやハドックと呼ばれるタラの一種か、ソール、プレイスというヒラメの一種である白身魚を、天ぷらに似た衣をつけて大きな鍋で揚げています。外はカリカリのきつね色。一緒に揚げているジャガイモは大人の親指ほどの太さにザクザクと切ったもので、なかはホクホクで、外はカリカリの黄金色。日本の冷凍食品にあるような上品な細さではなく、かなり太く切ったジャガイモが特徴。

「ワン・ポーション・プリーズ」（一人前ください）と声をかければ、茶色のわら半紙のようなざら紙に、はみ出そうなくらい大きな揚げた魚のひと切れと、それがうずもれて見えなくなるほどたくさんの揚げジャガイモを一緒に包んで渡してくれます。これがいわゆるフィッシュ&チップスなのです。

昔は古新聞に包んでいたようですが、今では衛生面を考えてか、その習慣はすたれてしまったようです。包んでもらったフィッシュ&チップスには、店頭に置いてある塩、コショウをかけ、さらにモルト・ビネガーをたっぷりとふりかけます。このモルト・ビネガーは、茶色く独特の風味を持っていますが、これが味のポイントになっていることは間違いありません。モルト・ビネガーは、もともとはビールが酢酸発酵したものといわれ、紀元前二、三千年前からあったとされています。現在では大麦、ライ麦、小麦、トウモロコシなどの穀物が原料で、イギリスではSARSON'Sのものが一番使われているブランドです。

この酢を初めてフィッシュ&チップスに使ったのはビクトリア時代の料理家エリザ・アクトン（Eliza Acton）とのこと。それ以来その嗜好は今も根強いものがあるようで、ちなみに、二〇〇九年の統計でもイギリス人が好むフィッシュ&チップスの味付けは五一％もの人がモ

この部屋に、バンドルとビルはおよそ半時間ほどいたが、そのうちビルがそわそわしはじめた。

「もう出ようよ、バンドル。ダンスをしようじゃないか」

バンドルは承知した。いかにも、ここにいてもあまり見るべきものはなさそうだ。ふたたび階下に降り、また三十分ほどダンスをして、フィッシュ・アンド・チップスを食べてしまうと、バンドルはもう引き揚げましょうと切りだした。

「しかし、まだ早いぜ」ビルは不服そうだった。

訳・深町眞理子『七つの時計』（ハヤカワ文庫）より

ルト・ビネガー、二番目が一五%でトマトケチャップとなっています。では最初のフィッシュ&チップスの店は、というと一八六〇年にロンドンにジョセフ・マリンが開いた店だというのが通説になっています。

フィッシュ&チップスを夕食に食べるという嗜好がピークとなるのは一九二七年、当時は三万五千軒もの店があったといいます。近年は約一万軒に減ってしまいましたが、それでもマクドナルド一件につき八件のフィッシュ&チップス店があるという計算になるということですから、やはりイギリスでは庶民の味として根強いものであることに変わりはなさそうです。しかも最近ではおしゃれなレストランでシェフが作る洗練されたフィッシュ&チップスを味わうことができるように、ファッショナブルなものにも変わってきました。また、最近ではロンドンの人々はダイエットを考えてか、魚を食べずにチップスだけとか、温めながら売っているソーセージやパイにチップスを添えて昼食にしている姿もよく見かけます。

毎年、数あるフィッシュ&チップスの店からシーフィッシュ(Seafish)という団体によって美味しく、サービスの良い店が十店選ばれますが、二〇一八年度の一位に選ばれたのは、ファッショナブルかつ、持続可能な漁業の重要性を提唱しているミラーズ(Millers Fish and Chips)という店でした。

私が初めてフィッシュ&チップスを食べたのは、ランカシャー地方を旅したときのことです。B&Bに泊まったので夕食はひとりで外食せねばならず、そのとき行列につられて入ったのがフィッシュ&チップス屋だったのです。茶色のわら半紙に包まれた熱々をB&Bの部屋に持ち帰ってほおばったのも、今では懐しい思い出です。

「むかしはトテナム・コート・ロード界隈の、まあ貧民窟に近い土地柄だったんだけどね。いまじゃすっかりとりこわされたり、撤去されたりしてる。ただセブン・ダイヤルズ・クラブだけが、むかしの雰囲気を保ってるのさ。フィッシュフライとポテト。総体的にむさくるしい感じ。まさにイーストエンドの縮図ってところだけど、芝居がはねたあとで寄るのには、すごく便利なんだ」

訳・深町眞理子『七つの時計』(ハヤカワ文庫)より

フィッシュ＆チップスには定番の、ゆでてマッシュしたグリーンピース「MUSHY PEAS（マッシィ・ピーズ）」がおしゃれに盛り付けられたフィッシュ＆チップス

デヴォン地方のパブで食べたフィッシュ＆チップス

昔ながらの古新聞に包まれているフィッシュ＆チップス

ノース・ヨークシャーのフィッシュ＆チップスの店「High Street Fisheries」

チムニーズ館の朝、寝坊したジミーはマーマレードを塗りたくったトーストを食べる

金持ちの御曹司であるジミーのフラットで従僕が用意する昼食は、オムレツにつづいて、鶉の一皿と、とびきり軽いスフレという「なかなか手の込んだ料理」。写真はイギリスのサウスウェルのカフェで食べたほうれん草のオムレツ

The Chocolate Box

「チョコレートの箱」

書斎のチョコレート

家でくつろぐポアロがホット・チョコレートを飲む場面は、おなじみの風景。

ポアロはベルギー人ですが、イギリス紳士もチョコレートには目がありません。美味しそうにチョコレートをすするその満足気な顔を思い描くと、ロンドンの地下鉄で見かけた紳士を思い出します。スマートに背広を着こなし、ネクタイとお揃いのポケットチーフも粋なその姿に、チョコレートバーの包み紙の安っぽい青い色が何とも不思議なアクセントになっていました。きっと駅の売店で買ったのでしょう。片手はつり革につかまり、もう一方の手でその青い包み紙をむきながら美味しそうにかじりはじめたのです。その顔といったらちょうどわんぱく盛りの男の子が、おやつにもらったチョコレートを食べているかのように幸せそう。

私としては立派な紳士の隠れた一面を垣間見てしまったような、何だか気恥ずかしいような、ほほえましいような気分になったものです。

チョコレートは子供だけの食べ物ではない、むしろ大人の楽しみのための意味合いがかなり強いことがイギリスで暮らしているうちにわかったのでした。

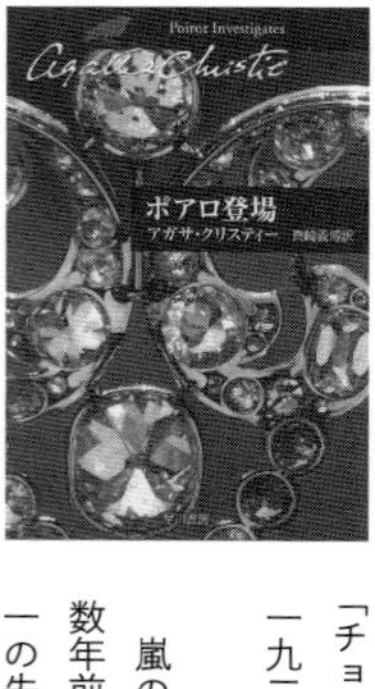

「チョコレートの箱」
一九二四年

嵐の夜、ポアロは暖炉の前で、数年前にベルギーで経験した唯一の失敗談を語りはじめる。それはフランスの有力な代議士ベルラールの急死は自然死ではない、という彼の亡き妻の従妹の訴えからはじまった。さっそくデルラールの屋敷を訪ねたポアロは、チョコレートの箱の不自然な点に目が留まる……。

チョコレートはカカオを主要成分として作られ、十六世紀にスペイン人によってヨーロッパにもたらされたといいます。

カカオは植物、その実の名称で、古代メキシコが起源という南米・メキシコの食べ物でした。チョコレートはそのカカオと砂糖、シナモン、ヴァニラなどで作られるもので、十七、八世紀には板形などの固形品で売り買いされたのですが、消費者は熱湯やミルクで溶いたり、時にはワインなどを加えて飲んだりしたとのこと。

十七、八世紀にチョコレートという場合は、ふつうこの熱い液状のものを指していました。イギリスでは今も「アフターエイト」のように薄形のチョコレートを手で砕いてカップに入れ、そこに熱いミルクを注いでよく溶かし寒い冬の夜などに楽しんでいるのは、こうした歴史の流れをくんでいるわけです。まさしくポアロの手ににぎられたうす桃色をしたカップのなかで湯気をたてている飲み物そのものです。

このミステリーでは殺人事件の謎を解く鍵がチョコレートでした。

殺人事件の犠牲者は、私が地下鉄のなかで見かけたようなチョコレートが大好きな紳士、デルラール氏。彼は酒が飲めない代わりに、夕食後にはいつも書斎で箱入りのチョコレートをつまむのが習慣だったのです。

食後にコーヒーと一緒につまむチョコレートは、イギリスではくつろぎのひとときに欠かせません。

スペイン人が十六世紀にメキシコから持ち帰り、文化として高めたチョコレートは、当時、催淫剤としての働きも信じられていたようです。

ひどい夜だった。外では風が吹き荒れ、時折すさまじい勢いで雨が窓を打っていた。

ポアロと私は暖炉のまえに坐り、赤々と燃える火のほうへ脚を伸ばしていた。二人のあいだには小さなテーブルがある。私の横にはお湯で割ったトディが、ポアロの横には百ポンドもらっても飲む気になれないようなこってりしたチョコレートが置いてある。ポアロは、ピンクのカップに入った茶色い代物を口にしては満足そうに溜息をついていた。

「なんて素晴らしい人生だろう！」彼が呟いた。

「ああ、むかしながらのいい世の中だし、ぼくには仕事、それもいい仕事がある！　おまけに、ここにはかの有名なきみもいるし――」

訳・真崎義博「チョコレートの箱」（『ポアロ登場』ハヤカワ文庫）より

イギリスのチョコレート専門店の老舗のひとつ。1902年にロンドンで創業したプレスタ（PRESTAT）

ピカデリー通りからつながるプリンセス・アーケードにあるプレスタ

プレスタはトリュフやウェファーチョコ、ホット・チョコレートなど多様なチョコレートを扱っている

プレスタの店内にはエリザベス2世の紋章入の王室御用達の証明書が。歴史があるとともに公正な取引をしているチョコレートであることが評価されている

プレスタのショーウィンドウにもエリザベス2世の紋章の大きなディスプレイが。ロイヤル・ワレント（イギリス王室御用達）の称号は、1975年に、現在のクイーン（エリザベス2世）によって、1999年に彼女の母親、クイーンマザーから授与されている

クリスティーのグリーンウェイ屋敷のテーブルにあった、チョコレートやプロバンスのお菓子の箱

イギリスの老舗チョコレート店のひとつ。1875年創業のシャルボネル・エ・ウォーカー（Charbonnel et Walker）

高級ブティックが並ぶオールド・ボンド・ストリートにシャルボネル・エ・ウォーカーがある

シャルボネル・エ・ウォーカーの店内にはエリザベス2世の紋章入の王室御用達の証明書が。伝統的な品質を保ちながら新たなレシピを開発していることが評価されている

エリザベス2世の肖像画も飾られているシャルボネル・エ・ウォーカーの店内

シャルボネル・エ・ウォーカーの店内にもエリザベス2世の紋章が

イギリスで売られていたホット・チョコレート

Sleeping Murder

『スリーピング・マーダー』

自慢のジンジャーブレッド

ジンジャーブレッドは『パディントン発4時50分』などクリスティーのほかの作品でも登場し、「生姜パン」と訳されることもある焼き菓子。ブレッド、つまりパンというその名前から私たちが思い描くようなものと実際にはだいぶ違っています。

たとえていうならほのかに生姜の風味が漂う黒糖カステラの趣。ひと口ほおばれば、そのほっとするような甘さがおばあちゃんの味のような懐かしさを誘うところも似ています。

ミス・マープルに限らず、飽きのこない古くからあるこうした素朴なお菓子が好きなことに国境はありません。イギリスのティールームでは、今でもお菓子の並んだケースのなかに、この焼きっぱなしで四角い形に切っただけのジンジャーブレッドが必ずといっていいほど用意されています。

セント・キャサリン荘での殺人事件を調べるため、ディルマスの町の服飾店に買い物をよそおって出かけ、年輩の店員とのなにげないおしゃべりから事件の糸口を見つけようとするミス・マープル。美味しいジンジャーブレッドの作り方を話題に持ち出すところなど、年の功とはいえ、さすがというところでしょう。

『スリーピング・マーダー』
一九七六年

イギリス南海岸で家を探す新婚のグエンダは理想通りの一軒を見つけた。ニュージーランド出身の彼女にとって初めてのイギリスでの生活。しかし何故か新居に既視感を覚えることに恐怖を抱く。気分転換に出かけたロンドンの劇場で終幕のセリフを聞き、とうとう彼女は悲鳴をあげ失神する……。彼女に甦った記憶は何を意味するのか？回想のなかの殺人にミス・マープルが挑む。

お菓子といえば、店で買うというよりお気に入りのレシピで家族の好きなものを定番として焼く人も多いイギリスでは、自慢のレシピを交換しあうということは日常茶飯事。こうした会話を取り交わせば、相手は初対面といえども心をひらくという心理を、ミス・マープルがうまくとらえての策といえそうです。

私はといえば、バースの町の郊外にあるアメリカン・ミュージアムで、薪《まき》の火のオーブンで焼いたジンジャーブレッドを生まれて初めて食べて以来、すっかりその美味しさのとりこになってしまいました。二百五十年前、イギリスからの移民が盛んだった時代のアメリカの生活を紹介するこのミュージアムでは、アメリカ初代大統領ジョージ・ワシントンの母のレシピによるジンジャーブレッドが焼かれているのです。

トリークル（糖蜜）の優しい甘さとジンジャーがとけ合ったしっとりとした味わい……。その貴重なレシピが、売店で販売されているミュージアム製作のレシピ本に載っていました。この本のおかげで、今は私のケーキのレパートリーのひとつとして、ミュージアムに近い味わいをわが家のオーブンでも再現できるというわけです。

ところで、今でこそジンジャーブレッドといえばイギリスばかりか、ドイツ、オランダ、フランス、アメリカなど世界の国々で愛されていますが、初めて焼いたのはエーゲ海に浮かぶロードス島のパン屋さんだったとのこと。古代ギリシャにまでもさかのぼるお話です。イギリスへは古代ローマ人が、アフリカから手に入れる上質のジンジャーとともにその焼き方を伝えたといわれます。スパイスのなかでも一番安価であることから、普段着のお菓子にたっぷりと生かされたジンジャーは、今も台所で大活躍です。

ミス・マープルはおつりと品物を受けとった。
「どうもありがとう」彼女は言った。「もしかしたら——イーディス・パジェットさん、とおっしゃったわね——まだジンジャーブレッドのおいしいつくり方のこつを教えてくれるかしら？　書いてもらったのに、わたし、なくしてしまったの——というか、わたしのメイドが不注意にもなくしてしまったのだけど——とにかくわたし、おいしいジンジャーブレッドに目がなくてね」

訳・綾川梓『スリーピング・マーダー』（ハヤカワ文庫）より

アメリカン・ミュージアムのジンジャーブレッド。アメリカの初代大統領、ジョージ・ワシントンの母のレシピで焼かれている

イギリスのジンジャーブレッドにはクリスタル・ジンジャー（生姜の砂糖漬け）が刻んで入れられていることが多い

事件の手がかりを探しにフェーン夫人を訪ねたミス・マープル。用意された温かいスコーンを食べて料理人の腕をほめる

グエンダが朝食に食べたいといったタラの燻製。写真はタラの一種、ハドックの燻製「フィナン・ハドック」とポーチドエッグ

この日の朝、グエンダがベッドで起きあがっていると、コッカー夫人が朝食のお盆をもってきて彼女のひざにおいた。

「男の方がいらっしゃらないときは」とコッカー夫人はきっぱり言った。「ご婦人はベッドで朝食をとるものです」

そしてグエンダはこのいかにもイギリス的なきまりに従った。

「けさはいり卵ですよ」とコッカー夫人は言った。「奥さまは鱈のくんせいを召しあがりたいとおっしゃいましたが、ベッドではおいやでしょう。においが残りますしね。夕食のときにおつくりします。トーストにのせてクリームをかけたのを」

訳・綾川梓『スリーピング・マーダー』（ハヤカワ文庫）より

ジンジャーブレッド

トリークルとジンジャーのいい香りが漂うジンジャーブレッド。
レシピは192ページへ

Recipe

ジンジャーブレッド

Gingerbread

材料　(18cmの角型1個分)

無塩バター……120g
ブラウンシュガー……120g
モラセス（イギリスではトリークル）……110g
卵……1個
薄力粉……180g
ジンジャー粉……小さじ2½
シナモン粉……小さじ1
クリスタル・ジンジャー……3かけ（手に入れば）
牛乳……150cc
重曹……小さじ1

作り方

1. 型にベーキングシートを敷いておく。あらかじめオーブンは150℃度に温めておく。

2. 鍋に無塩バター、ブラウンシュガー、モラセスを入れて弱火にかけ、ゆっくりと溶かす。

3. 人肌程度に冷めたら、卵を溶いて加え、ゴムベラでよく混ぜる。次に、薄力粉、ジンジャー粉、シナモン粉と、あれば刻んだクリスタル・ジンジャーを加えて混ぜる。最後に温めた牛乳に重曹を入れてよく混ぜ合わせたものを加え、全体をよく混ぜ合わせる。

4. 用意した型に流し入れ、あらかじめ150℃に温めておいたオーブンに入れて、40分程度、中央に竹串を刺してみて何も生地がつかなくなるまで焼く。型に入れたまま冷まし、その後ラップ材に包んで保存する。焼いてから1～2日経ったものがしっとりとして美味しい。

『スリーピング・マーダー』の舞台「ディルマス」はダートマスがモデルと思われます。主人公のグエンダはイギリス南西部の海が見える高台の家を買うのですが、その家はある過去を秘めた家だったのです。そしてミステリーの終幕はトーキーに場所を移します。

「あなたはそれが――彼だと――前から知っていらしたのですか？」グエンダはたずねた。

彼ら三人――ミス・マープルとグエンダとジャイルズ――は、トーキーのインペリアル・ホテルのテラスにすわっていた。

「舞台を変えましょう」ミス・マープルがそう提案し、ジャイルズもそれがグエンダのために一番いいことだろうと賛成し、プライマー警部も同意してくれたので、彼らはただちにトーキイまでドライブして来たのであった。

インペリアル・ホテルの、海に突き出たようにあるテラスで、心地よい風に吹かれながら私もお茶を楽しんだことがあります。

まるでミス・マープルたちのようだ、とこの最後の一節が思い出されました。

イングリッシュ・リビエラの女王と名高い街、「トーキー」。トーベイ湾に面して街が発展しています。ホテルや店が海岸にそって走る大通りに面して立ち、その雰囲気はどことなく日本の港町にも共通する、どこか懐かしげな雰囲気を秘めています。

ここは、クリスティーが生まれ、育った故郷。のちに自伝のなかで、「幸せで理想的な子供時代を過ごした」と書き残している思い出深い土地です。

グエンダは不動産屋にもどり、いま見てきた結果にもとづいて彼女なりの価格を書き込んだ。あとは昼までディルマスをひとまわり歩いてすごした。ディルマスは魅力的で古風で小さい海辺の町だった。向こうのほうの現代的な町はずれに新式のホテルが二つと、生木で作ったように見えるバンガローがいくつか建っていた。海岸のうしろがすぐ丘になっている地形のおかげで、ディルマスの町はやたらに拡がるのをまぬがれていた。

訳・綾川梓『スリーピング・マーダー』（ハヤカワ文庫）より

『邪悪の家』では、このホテルは「マジェスティック・ホテル」の名前で登場し、ポアロとヘイスティングズが休暇を楽しむホテルとして描かれています。昔から社交の場としてにぎわい、その優雅な雰囲気を今も留めているこのホテルで、クリスティーはかつてティーダンスや夕食会を楽しんだのでした。同じ海岸線のはずれに見えるグランドホテルは、まるでお城のように立派なホテル。一九一四年のクリスマスイブにブリストルで母に断りなく結婚式を挙げたクリスティーとアーチーは、ここでハネムーンを過ごしました。その二日後には出兵するアーチーをクリスティーはロンドンへ見送りに行ったといいますから、慌ただしさのなかでの結婚だったことがわかります。コンサートを楽しんだ「パビリオン」、友人たちとローラースケートに熱中した橋桁「プリンセス・ピア」、展示や写真でクリスティーの足跡を辿ることができる「トーキー・ミュージアム」、トーキーで一番古い建物であり、クリスティーのメモリアル・ルームがある「トア・アビー」、こうしたクリスティーにゆかりのある場所は一九九〇年の生誕百年の事業として、「アガサ・マイル」と呼ばれる目印が付けられました。

また、トーキーからたった一・五キロメートルしか離れていないところに、まるでそこだけ中世のおとぎ話から抜け出てきたかのような緑深い村、コッキントンがあります。マープルのセント・メアリー・ミード村のモデルともいわれ、子供の頃からクリスティーは馬に乗ってこの村を訪れていたとのこと。そんな雰囲気がぴったりの、今でも藁ぶき屋根が愛らしい家並みの集落となっています。ティールームやお土産屋さんもあり、ここから馬車で丘の上に立つかつての地主の家、コッキントン・コートに行くこともできます。ここには昔ながらの工芸品を作るアーティストたちの工房が付随していたり、ティールームもあります。

リリー・キンブルはフライパンの中でジュウジュウいっているフライド・ポテトの油をきる用意に、台所のテーブルに古新聞を二、三枚ひろげた。流行歌を調子はずれにハミングしながら、彼女は身をのり出し、目の前にひろげた新聞の活字をあてもなくながめた。

訳・綾川梓『スリーピング・マーダー』（ハヤカワ文庫）より

かつてセント・キャサリン荘に勤めていたリリーが、熟練した手つきでフライド・ポテトを作る。リリーの腹ぺこの夫は揚げたてのフライド・ポテトと魚を食べる

厳格なフェーン夫人は最近の若い世代はパンの耳を食べるようにしつけられていないと嘆く

『スリーピング・マーダー』の舞台のモデルとなったデヴォン州のダートマス

昼食の料理のつけ合わせ用に、ミントなどを植えた庭に葉っぱを取りに行って重大な発見をする場面がある。イギリスの庭ではよくハーブを見かける

「もう恐ろしくて、奥さま。骨なんてわたしぜったいにがまんできません。いわゆる骸骨なんてものは。しかもこのお庭に、ハッカや葉や何かのそばにあったなんて。心臓がこんなにはやく――どきどきしています――息が止まりそうです。あつかましいお願いですが、ほんの一口ブランデーを……」

　コッカー夫人のあえぎと土気色の顔に仰天して、グエンダは食器棚に走って行き、ブランデーを少しついで持って来るとコッカー夫人に飲ませた。

訳・綾川梓『スリーピング・マーダー』（ハヤカワ文庫）より

Elephants Can Remember

『象は忘れない』

フォートナム&メイソンのお菓子

遠い昔に起こった死亡事件に秘められた謎を解明すべくのり出したミセス・オリヴァとポアロ。ふたりはまず「象」探しにとりかかります。「象」とは子供たちが小さいときに聞かされるお話のひとつで、人間のひどい仕打ちを何年もたったというのに象が覚えていて、会ったときに仕返しをしたというもの。人間もこの象のように昔のことでも妙なことをいつまでも覚えていると語るミセス・オリヴァは、この作品の事件にかかわる証人、いわゆる「象」捜しをはじめるに際し、ポアロの助言を求めたのです。

　調査中、ミセス・オリヴァはしばしばポアロの家を訪ねますが、彼女をもてなすために用意するものがいかにもポアロらしく洒落ています。コーヒーとサクランボから作るリキュールであるキルシュを用意する場面もありますが、ここで紹介するコーヒーとフォートナム&メイソン製のプチ・フールなどその最たる組み合わせでしょう。

　フォートナム&メイソンといえば、まっ先に思い浮かぶのが紅茶。トワイニングのような紅茶専門店なのではないかと思ってしまうほどに、私たちのイメージには強烈なものがあります。ところがこう思ってロンドンのフォートナム&メイソンの店に行くと、あまりの違い

『象は忘れない』
一九七二年

　推理作家のミセス・オリヴァは昼食会でミセス・バートン＝コックスの問いへの答えを迫られる。それはオリヴァが名づけ親となった娘、シリヤの亡くなった両親は、「父親が母親を殺したのか、母親が父親を殺したのか?」というものだった。オリヴァとポアロは事件について調査をはじめる。実質的な最後のポアロ作品。

にびっくりしてしまいます。

人通りの多いピカデリーに面して立つエレガントな建物。オーク材のどっしりとしたドアを押して入れば、そこはロンドンの喧噪とかけ離れた別世界。ヘンゼルとグレーテルがたどり着いたお菓子の家のようです。

左手にはおなじみの緑色の紅茶缶が種類もいろいろに並び、紅茶やコーヒーの缶が並んで量り売りするコーナーがあります。缶入りの紅茶ではなくぜひ量り売りの紅茶を買いたいもの。きりっとした身だしなみの店員さんが、迷っていたらこちらの好みに応じた紅茶を教えてくれ、こちらの欲しいだけいかようにも量って袋に詰めてくれます。ウィンブルドンに住んでいたときにはこちらのコーヒーを愛用していましたが、量り売りのモカがおすすめです。

右手には手作りのチョコレートが上品にケースを飾り、ジャムや蜂蜜の瓶がずらっと並び、紅茶のお伴にふさわしいビスケットもどれにしようか、と迷うほどの種類の多さ。以前はこの奥にチーズやハムを売るコーナーもありましたが、今ではそのコーナーは地下に移っています。つきあたりにはカジュアルな雰囲気のティールームがあり、お茶と一緒に美味しいケーキやサンドイッチが楽しめるようにもなっています。

けれどもこの店は食料品だけを扱っているわけではありません。六階までフロアー別に靴、バッグ、婦人服、ステイショナリーなどの売場があり、最上階にはティールームもあります。こぢんまりとしたデパートになっているのです。

ポアロの届けさせたプチ・フールではありませんが、私もロンドンに住んでいたときには、食事などに招かれたときなど、味にうるさい方のお宅にはこの店の手作りチョコレートを待

ジョージは言われたとおり電話をかけに行き、やがてまた顔を出して、ミセス・オリヴァは九時十五分ごろにお見えになると告げた。
「コーヒーだ。コーヒーとケーキ（プチ・フール）を用意しておいてくれ。フォートナム・アンド・メイソンから、最近届いたと思うが」
「なにかお酒は？」
「いや、いらないだろう。わたしは黒スグリのシロップでももらおうかな」
「かしこまりました」
訳・中村能三『象は忘れない』（ハヤカワ文庫）より

っていったものです。イギリス人でも普段は手の届かない高級品ですから、ここのチョコレートなら誰もが心待ちにしているもの――当然ながら私の株も上がるというわけです。

今でこそ王室ご用達の老舗としてほまれ高いこの店も、そもそもは一七〇七年、アン女王の従僕だったウィリアム・フォートナムが宮廷の燃えさしのろうそくを女官たちに売りつけたのが商売のはじまりだったとか。やがてヒュー・メイソンと出会い、ふたりで食料品雑貨店を経営することになるのですが、その店に互いの名をとったフォートナム＆メイソンと名付けたのです。ちなみにアン女王は一七〇二年に即位し、グルメで知られる彼女の時代に、イギリス王室でお茶を飲む習慣が確立されました。

アン王女の紅茶好きは、洋梨型の銀の茶道具を特別に創作させたほか、ウインザー城の応接間にティーテーブル付きの「茶室」まで作ってしまうほどだったとか。ちなみにフォートナム＆メイソンの紅茶「クイーン・アン」とは、彼女からつけられた紅茶のブレンドです。

このフォートナム＆メイソンの裏手の通り、ピカデリーと並行して走る通りはジャーミン・ストリートで、ワイシャツの名店をはじめ櫛やひげそり用の道具などを売る店など男性の身だしなみに使う老舗がそろっていることで知られています。この通りはチャールズ二世の母后に寵愛されていたセント・オルバンズ伯ヘンリー・ジャーミンから名づけられています。彼は一六六七年頃、チャールズ二世の命令によりセントジェームス地区一帯を芸術家が集う住宅地として発展させた人物でした。なぜこの通りに男性ものの店が多いのかは、かつてヨーロッパへ教師付きで教養旅行に出かける田舎貴族の子弟が最後の買い物をこの街で行った名残ともいわれています。

ミセス・オリヴァが昼食会の最後に食べるのは、大好物のメレンゲ。メレンゲはイギリスの定番のお菓子

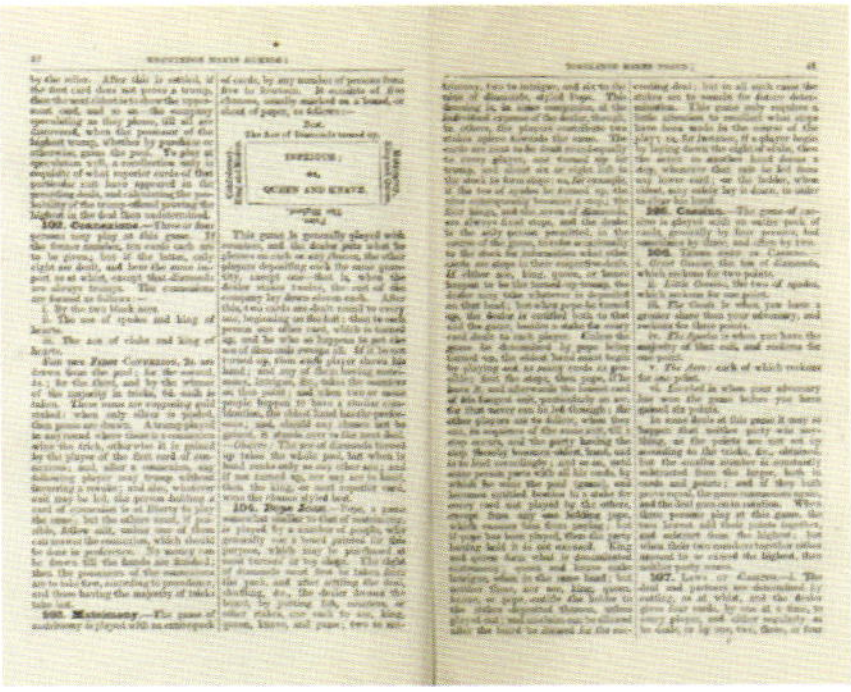

オリヴァが、「ヴィクトリア朝の人は、みんなあの本を持っていた」といい、固まったマヨネーズの処理の仕方などがわかるという『よろず案内』。原題は『Enquire Within Upon Everything』

ロンドンのピカデリー通りにあるフォートナム＆メイソン本店。1707年創業

ずらりと缶が並び、量り売りで買うことができるフォートナム＆メイソンの紅茶売り場

フォートナム＆メイソンでは、焼き立てのスコーンなどティールームで出されるお菓子も売られている

エリザベス二世の歴代最長在位期間を祝って発売された紅茶、「クイーンズ・ブレンド」

クリスマスの季節、フォートナム＆メイソンの店内は、大きなツリーをはじめ、華やかに飾りつけられる

Sad Cypress

『杉の柩』瓶詰のフィッシュ・ペースト

叔母の死によって莫大な遺産を受け継いだエリノアがこのミステリーの主人公。彼女は幼なじみで、婚約者であるロディーの心が〝野ばらのような〟若いメアリイへと移ってしまったことを知るのです。そんな悲しみを胸に秘めながら、大邸宅でひとり、片付けものに専心するところなどイギリスの教養ある女性らしい気丈さがうかがえます。

そんな彼女ですから、亡き叔母の衣類の整理の合間に昼食のサンドイッチを作ることなども、手際よくやってのけたことでしょう。数あるペーストのなかから選んだのはサケとアンチョビー、サケとエビの二種類。それぞれの瓶のふたを開け、このサンドイッチのせいで殺人の疑いがかけられるとも知らずに、いくつものサンドイッチの組を作っていくのです。

私もイギリスに行くと、昼食にはサンドイッチをよく食べます。

ロンドンの街を歩いているとき立ち寄るのがサンドイッチバー。チェーン店に押されて、このサンドイッチバーもずいぶん店数が減ってしまいました。細長いガラスケースのなかにスモークサーモン、ハムやゆで卵、ツナやゆでたエビ、それにレタスやキュウリの薄切りなどの野菜がずらりと並んでいます。そのなかから自分で好きな中身を組み合わせて注文する

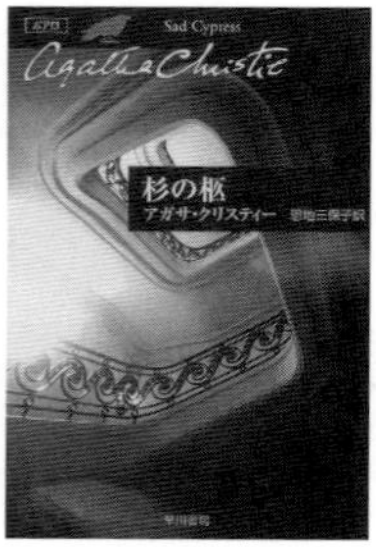

『杉の柩』
一九四〇年

ウエルマン夫人が死亡し、莫大な遺産を姪のエリノアが継ぐ。エリノアはロディーと結婚して叔母が残したハンターベリイの館で暮らすはずだったが、ロディーは館の門番の娘メアリイに心を奪われ婚約は解消となった。メアリイがいなかったら——傷ついた心を抱えるエリノアが作ったサンドイッチを食べた後にメアリイが死ぬ。裁判にかけられたエリノアの真実は？ 巧みに人間の心理を読むポアロが法廷で活躍する。

と、その場でおじさんがサンドイッチを作ってくれるのです。パンの種類も全粒粉のパンや白いパン、ロールパンなどのなかから選べるのもうれしいところです。

旅に出たらよく利用するのが列車内の売店のサンドイッチ。いわゆる三角形に切ったのがふたつ、透明のプラスチック容器に入っているのですが、ローストターキーやスモークサーモンなど豪華な具がはさんであったり、青かびチーズの代表、スティルトン・チーズと甘いチャツネといった洒落た組み合わせがはさんであったりと、売店のものとはいえなかなか見逃せない美味しさなのです。これにはさすがサンドイッチが生まれた国と感心してしまいます。けれどもつましいイギリス人は、列車のなかでも家で作ってきたサンドイッチとポット入りの紅茶を広げているのですが……。エリノアのように、魚や肉の市販のペーストでサンドイッチを作ってお弁当にすれば美味しく、安上がりということなのでしょう。

フィッシュ・ペーストとして有名なものにはジェントルマンズ・レリッシュなるものもあります。ビクトリア時代の一八二八年にジョン・オズボーンなる人物が作ったとされ、アンチョビーの味がきいた、塩味と香りが強いものです。材料はアンチョビーが六割でそこにバター、ハーブ、スパイスが加わります。正確なレシピは秘密にされ、何年にもわたって口伝で受け継がれてきたものだとか。今日ではElsenham Quality Foodsのみがこれを販売できる許可を得ています。このペーストは、トーストしてバターを塗ったパンにのせていただくのが一般的で、その上にキュウリや貝割れなどをのせることもあります。料理にも使えるということで、スクランブルエッグに入れたり、ジャケットポテトにのせて食べることもできるとか。ただしいずれにしてもかなり強烈な風味があることをお忘れなく。

彼女は握手をすると歩み去った。

途中、パン屋に寄りパンを買い、次に乳製品でバターを半ポンドとミルクを買い求めた。

最後に彼女は乾物店に入っていった。

「サンドイッチ用のペーストをいただきたいの」

「はいはい、カーライルさま」小僧をおしのけて主人のアボットが出てきた。「どれにいたしましょう。サケとエビ、七面鳥とタン、サケとサーディン、ハムとタンといろいろございますが？」

彼は次々と棚から瓶をおろし、ずらりと並べてみせた。

エリノアは苦笑して言った。

「名前はいろいろあっても、中身はみんな同じような味ね」

訳・恩地三保子『杉の柩』（ハヤカワ文庫）より

サンドイッチ・ペーストの代表、ジェントルマンズ・レリッシュ。パッケージもクラッシックな雰囲気

ブラウンズのアフタヌーンティーのサンドイッチ。パンの美味しさは絶妙

イギリスのホテルの朝食メニューにあったソーセージと目玉焼きのサンドイッチ

お菓子が大好きなホプキンズ看護婦はメアリイとお茶を飲みながらドーナツを食べる。イギリスのドーナツはクリームがたっぷり

看護婦仲間と噂話をしながらホプキンズはピンクのシュガーケーキをひと口ほおばる

ポアロが訪ねていったときにホプキンズが口いっぱいにほおばっていた菓子パンとは原書ではバース・バン(Bath buns)

『杉の柩』のなかには、さりげなくマザーグースが出てきます。

Polly put the kettle on
Polly put the kettle on
Polly put the kettle on
We'll all have tea

ポリー　やかんをかけて！
ポリー　やかんをかけて！
ポリー　やかんをかけて！
さあ　みんなで　お茶飲もう

（鷲津名都江『マザー・グースをたずねて　英国への招待』筑摩書房）

Polly ポリーは十八世紀半ばで中産階級で使われていたメアリイの愛称なので、高価だったお茶が庶民の間に広まり、飲まれるようになった時代と、この詩が重なっているとのこと。
お茶好きのイギリス人が好きなマザーグースをお茶の場面に登場させるところなどクリスティーならではの粋な作風です。

ホプキンズが戸口から顔を出し、「おやかんをかけましたわ」と明るく言うとまた行ってしまった。
エリノアは突然激しく笑いだした。
「ポリイがやかんをかけた、ポリイがやかんをかけた、ポリイがやかんをかけた——みんなでお茶を飲みましょう！　おぼえてて、この遊び、わたしたち、子供のころ、よくしたわね？」
「おぼえておりますとも」
「わたしたちが子供のころ——悲しいわね、メアリイ、昔に戻ることが絶対にできないっていうのは？」

訳・恩地三保子『杉の柩』（ハヤカワ文庫）より

The Hollow

『ホロー荘の殺人』

白いシャツを着たお菓子

〈白シャツの黒人〉——このミステリーに登場するデザートの名前を聞いて、すぐにひらめきました。お菓子作りが子供のときから大好きだった私は、大学時代に今田美奈子先生の教室に通ったのですが、そこで習ったお菓子のなかに〝白いシャツを着たムーア人〟という名前のものがあったことを。バターと砂糖をすり混ぜたところに卵黄、食パン、粉末アーモンド、溶かしたチョコレートをたっぷりと加え、最後にかたく泡立てた卵白を混ぜて、プリン型に流して蒸し上げます。できあがりを型からはずして皿にのせ、やわらかく泡立てた真っ白な生クリームをかけていただきます。チョコレート入りのこの黒いプディングをムーア人、つまりアフリカ北西部に住む黒人に、上にとろりとかけた生クリームを真っ白なワイシャツに見立てて〝ワイシャツを着たムーア人〟という名前がつけられたのです。

ホロー荘に住むアンカテル夫人のいう、「チョコレートに卵——それにホイップド・クリームをかけるんですよ」そのものではありませんか。「外国の方が喜ぶ」と夫人も話しているように、このお菓子はオーストリア最高のデザートとのこと。旅行好きのクリスティーですから、オーストリアでこのデザートを味わったのかもしれません。ホロー荘の料理人、ミセス・

『ホロー荘の殺人』
一九四六年

九月の終わりの週末、ロンドン郊外にあるホロー荘にアンカテル卿の一族が集まった。別荘に滞在していたポアロも招待された日曜日のホロー荘の四阿（あずまや）での昼食会。会場に到着した招待客たちは、医師のジョンの死体と、銃を手に持った彼の妻ガーダの姿を目撃する。金と恋愛心理が複雑に絡まりあった事件にポアロが挑む。

メドウェイが作るこのお菓子は「こってりとした」味わいのようですが、今田先生のレシピで作ったものはバターが入っているとは信じられないほどに軽やかで、しっとりとした上品な大人の味わい。ひと口食べれば誰もが幸せを感じるほどの美味しさです。

このアンカテル夫人は自分で料理はしなくても、ゲストにぴったりの献立をたてるのは名人級のようです。ホロー荘で起きた殺人事件の調査に訪れたグレンジ警部には「やまうずら・オウ・シュー」「スフレ・サプライズ」のような繊細な味わいのフランス料理は似合わず、「すこし生焼けのステーキに、余計なもののついていない昔風のアップル・タルト——それともアップル・ダンプリングがいいかしら」と実質的なイギリス料理をあげるところなど、おもしろい場面です。洋服と同じように、食べるものにもその人の雰囲気に合うものと、合わないものがあるということなのでしょう。食事に招かれたら、その出された食事によって、自分がどういう人間に見られているかということがわかるかもしれません。

このミステリーには、紳士のステイタスを示すサヴィル・ロウ仕立ての服とわかると態度を変えるマダムが登場しますが、服によって初対面の人を判断するのも、イギリス人の持つ独特の才覚のひとつといえるかもしれません。サヴィル・ロウ仕立ての服は裕福とおしゃれの代名詞のような意味があるのです。サヴィル・ロウとは、背広の語源になっていることでも知られたロンドンの通りです。たった二〇〇メートルほどの通りに「ギーブス＆ホークス」や「ハンツマン」といった背広の老舗が軒を連ねています。なぜこの通りに背広の店が集まったのか、その理由には、十八〜十九世紀頃にこの街に地方の郷士や実業家、医師たちが住んでいたこと、近くにラシャ生地問屋が多いことなどが挙げられるようです。

「それから、覚えていますけど、あのモーゼルを手にとって——小型で、手ごろな拳銃なので、前から気に入ってたんですよ——それをバスケットに入れて——そのバスケットは温室から持ってきたんですけど——でも、いろんなことで頭がいっぱいで——シモンズのことや、紫苑にからまったつる植物のことや——それから、ミセス・メドウェイがこってりした〈白シャツの黒人（ニガー・イン・ヒズ・シャツ）〉をこさえてくれるといいんだけど、とか——」

「白シャツの黒人？」グレンジ警部は思わず口をはさんだ。

「チョコレートに卵——それにホイップド・クリームをかけるんですよ。昼食（おひる）のあとで出すと外国の方が喜ぶお菓子なんですの」

訳・中村能三『ホロー荘の殺人』（ハヤカワ文庫）より

ホロー荘の菜園になっているのはえんどう豆。彫刻家のヘンリエッタはそれを生のまま食べる

みんながショックを受けた殺人事件の日の昼に、執事が用意するのはサンドイッチ。「ちゃんとしたサンドウィッチなら、お昼食（ひる）がわりになりますよ」とアンカテル夫人がいう。写真はロンドンのカフェで食べたサンドウィッチ

陪審員の評決の後の昼食に用意されていたお菓子はスフレ・サプライズ。「サプライズ」とは驚くべき軽さ、のような意味になるだろうか

ポアロがホロー荘でつぶやくテニスンの詩に登場するのはイギリスならではのヒースの花

ポアロは低い声で呟くように言った。

いとわしき森の奥なる暗き洞窟（ホロー）
そは赤き血のヒースに縁どられ
赤く畝なす岩棚に恐怖の血、音もなく滴る
なにを求むる木霊（こだま）の答えるは、ただ『死』

ヘンリエッタは驚いた顔をポアロに受けた。

「テニソンですよ」とエルキュール・ポアロは得意そうにうなずきながら言った。「お国のテニソン卿の詩ですよ」

訳・中村能三『ホロー荘の殺人』（ハヤカワ文庫）より

料理というものは、こまやかな思いやりを示すにはまことに適切なものだ、と彼女は言うのだった。

「わたしたちは、ミセス・メドウェイも知っていることですが、カラメル・カスタードは、それほど好きというわけじゃないんですよ。ただ、友だちが死んだあとだというのに、その人の好物のプディングをいただくというのは、あまり心づかいが足りないでしょう。でも、カラメル・カスタードなら気が楽だし――わたしの言いたいのは、なんとなく喉を通ってしまうって意味なのですよ――それに、だれでもお皿にすこしだけ残しておくものですからね」

訳・中村能三『ホロー荘の殺人』（ハヤカワ文庫）より

殺人事件の昼食にアンカテル夫人が用意するのはカラメル・カスタード。写真は湖水地方のホテルのデザートで出てきたカスタード

イギリス定番のデザート、湖水地方のホテルで食べたカラメル・カスタード

パリで食べた、シンプルで、フランスらしいアップルタルト

ノッティンガムシャーのWI（Women's Institutes　イギリス最大の婦人会）のバザーで売られていたアップルタルト。レシピが受け継がれていく、イギリスの定番のお菓子であることがわかる

Cards on the Table

『ひらいたトランプ』

郵送されるクロテッド・クリーム

ブリッジのゲームの間に、パーティのホストが殺される事件が起こり、容疑者として招待客の四人が疑われます。そのひとり、若い女性ミス・メレディスの周辺を探るバトル警視は、同居人のミス・ドーズの故郷がデヴォン地方であることを聞き出します。

そのデヴォンシャー、デヴォン地方から送られてくるクリームといえば、クロテッド・クリームに違いありません。冷蔵庫で一週間くらいは日持ちのするこのクリームは、デヴォン地方から郵送で取り寄せることができました。

冷蔵庫付きの宅配便などないイギリスで、普通の手紙や小包と同じ扱いの郵便で乳製品であるクリームまで送られていたことが今思うと不思議なほどです。

百年あまりも前であるクリスティーの時代から、同じ方法でこのデヴォン特産のクリームが各地に送られ続けていたそのことに驚くのです。

ファースト・クラスと呼ばれる速達であっても、デヴォン地方からであればロンドンまで届くには少なくとも二日はかかると思うのですが……。ただし、近年の温暖化によってイギリスの夏も暑くなっているので、さすがに郵送は難しくなっています。

『ひらいたトランプ』
一九三六年

豪華なアパートに住み、趣向を凝らしたパーティを開くことで知られているシャイタナ氏からポアロは招待される。シャイタナは犯罪に関する一級品の収集物を持っているという。パーティ当日、ポアロ、ミセス・オリヴァ、バトル警視ら招待客八人がブリッジに興じている間、隣の部屋でシャイタナが刺殺される。ブリッジの得点表からポアロが導き出した真相は……？

デヴォンシャーとは、イギリス南西部にあり、一年中温暖な気候と、豊かな、そして広大な自然を持つ地方として知られています。その緑のなかで育ったガーンジー、ジャージー種の乳牛から採れるミルクが最もクロテッド・クリームを作るのに望ましいといわれています。「クロッテッド」とは、「凝固した、固まった」という意味。「クロッテッド・クリーム」というのは半固形状のクリームのことで、六〇%前後という高い乳脂肪分を含んでいます。

かつては、デヴォンシャーの農家の主婦は、ピート（泥炭）を燃やした火の上でミルクを沸騰点近くまで熱し、上にできる脂肪分をすくってクリームを作っていました。

ピートの火で熱することで、よい風味がクリームに加わると思われていたのです。

そんな昔ながらのクロテッド・クリームを作っていたという農家のアンさんにスコーン作りを教わり、クリームのことを伺う機会がありました。彼女はデヴォン地方でB&Bとティールームを経営していますが、数年前まで牛を飼い、クロテッド・クリームを作っていた農家のひとりでした。ところがEUの規制が厳しくなり、ホームメイドのものを流通させることが難しくなったとのことで、牛も手放し、クリーム作りに必要な道具もすべて処分してしまったとのこと。

少しの牛乳でもいいから作り方を見せてくれないかとお願いすると、彼女は「とんでもない」という口調でいかに大変な作業かを説明してくれました。まず一五リットルの搾りたての牛乳が必要なこと。ですから、その牛乳を搾る牛を飼っていないといけないということ。そしてその牛乳を加熱五時間、次に冷却六時間、さらに分離してから冷蔵すること二十四時間かかってようやくクロテッド・クリームができあがるとのことで、そのできあがりまでの

アストウェル夫人はおしゃべりであった。

「でも近いうちにあの家を売り出すなんて、とても考えられませんよ。あの方たち、二年前に買ったばかりですから、ええ、そうなんです。優しくって元気のいい娘さんたちで、いつも冗談を言ったり、ふざけたりしてね。すましてるところなんて全然なくって……

ええ、そうなんです。その時から働かせていただいてます。ドーズさんの故郷はデヴォンシャー（イングランド南部の一州）だと思いますわ。時々クリームが送られてまいりますから。それを見ると、故郷を思い出すとおっしゃってますもの、本当にそうだろうと思いますわ。（略）」

訳・加島祥造『ひらいたトランプ』（ハヤカワ文庫）より

長い時間に驚いたのでした。現在では、こうした手作りのクロテッド・クリームに代わって、クリーム分離器を使って工場で大量生産されるようになっています。工場で作ったクロテッド・クリームとしてアンさんのお気に入りは、昔の味に近い濃厚な味わいということで、「Definitely Devon」（疑いもなくデヴォン）という商品名のもの。

クリスティーも七十五歳のときに書き終えた自伝のなかでデヴォンでも昔のようなデヴォンシャー・クリームにお目にかかれなくなったと嘆き「わたしの大好きなものは、昔も今も、そしておそらくこれからもずっと、クリームであることにまちがいない」と書いています。

以前は、デヴォン地方の田舎道を走っていると「クロテッド・クリーム売ります」の看板をよく見かけたものでした。私もその看板に惹かれて門を入り、農家の母屋の脇に建てられた売店に寄ったことがあります。大きなバットのような入れ物に入った、黄色みがかったクリームをすくい取り、量り売りでプラスチックの容器に入れて売ってくれるのです。そんなこの地方ならではの味わいを楽しむことができなくなるとは、クリスティーと同じ、大きな悲しみ、嘆きそのものです。けれども、たとえ工場で作られるようになったとはいえ、クロテッド・クリームの味わいはデヴォンが一番。焼きたてのスコーンにたっぷりとクロテッド・クリームが添えられるのはデヴォンならではの醍醐味です。横にふたつに割ったスコーンにクリームをたっぷりとのせ、そのうえにイチゴジャムをつけて食べる味わいといったら、たとえようもないほどの最高の美味しさです。これにポットにたっぷり入った紅茶を添えたメニューが、「クリーム・ティー」と呼ばれ、デヴォンシャーの名物となっています。

彼、皿に盛ったいんげん豆にとても鋭い推理眼を働かして、聖ミカエル祭のがちょうの腸に詰めたセージと玉ねぎの詰め物の中から、ものすごい毒薬を見つけ出したの。ところが聖ミカエル祭の時分には、もういんげん豆がなくなっていることを、あたし思い出したってわけ

探偵小説を創作する内幕をのぞいた興奮から、息を切らしてローダは言った。「缶詰のならあるかもしれませんわ」

訳・加島祥造『ひらいたトランプ』（ハヤカワ文庫）より

聖ミカエル祭はガチョウの代わりに鶏肉を使うこともある

聖ミカエル祭のガチョウの丸焼きに使うセージとタマネギの詰めもの。これは、パン粉にハーブ類などすべてをミックスした、インスタントのもの。スーパーでも売られている

デヴォン地方ではかつてはクロテッド・クリームを郵送する、こんな看板が見られた

かつてデヴォン地方でよく見かけたクロテッド・クリームを売っている農家の看板

農家では陶製などの大きな保存容器から、クロテッド・クリームを取り分けて売っていた

ロリマー夫人とアン・メレディスは小さなパン屋に入り、お茶とイングリッシュ・マフィンを楽しむ

Finessing the king

「キングを出し抜く」

こんがりウェルシュ・ラビット

ウェルシュとは「ウエールズ地方の」という意味で、このひと品がイギリス南西部ウエールズ地方のものであることを物語っています。この地方はもともとケルト文化が栄え、今も独特のウェールズ語が伝わっています。看板などすべて英語とウェールズ語の二つの言語で書かれており、このウェルシュ・ラビットもウェールズ語ではCaws Pobi（焦げたチーズ）と名付けられています。今やイギリスの国民的食べ物となったこのチーズトーストですが、そもそもはウェールズ人が焦げたチーズの味に目がないところから生まれたようです。

そのことが「聖ピーターの伝説」にも次のように書かれています。

天に召された者たちのなかでひときわうるさく騒ぐ性質のウェールズ人に困った神様は、天国の門番である聖ピーターになんとかして彼らを追い出すようにと囁《ささや》きます。彼はウェールズ人が焦げたチーズの味が好きなことを知っていたものですから、門の外で「Caws Pobi, Caws Pobi」と叫びました。すると、それを聞きつけたウェールズ人はチーズを食べたいあまり一目散にこの声のする方へとかけ出し、門の外へと出てしまいます。それを見届けると聖ピーターは門を閉ざし、神様のいいつけどおりにウェールズ人を天国から追い出すことがで

「キングを出し抜く」
一九二九年

国際探偵事務所を開いたトミー&タペンス夫妻は、新聞に掲載された暗号のような広告が気にかかる。タペンスにしぶしぶ連れ出されたトミーが広告から推理した場所へ繰り出したところ、二人の目の前で女が刺殺される……！ 巧妙な完全犯罪を、やりおおせた犯人を、おしどり探偵が追い詰める。

きたということです。こうした伝説にもなるほどのウェールズ人のチーズ好きが、今やイギリス中で愛されるひと品となったのですから、本当におもしろいものです。チーズトーストの代名詞としてこの名はすっかり定着しています。

ラビット「Rabbit」の語源には諸説ありますが、一説にはこのチーズトーストの美味しさがウェールズの人々にとっては、ウサギの肉の美味しさに当たることに由来しているようです。

私もタペンスのように、「スペードのエースという料理店」ならぬロンドンの「フォートナム＆メイソン」のカフェでこのウェルシュ・ラビットを初めて食べました。軽く昼食をとろうとひとりで入り、カウンター席に座ってメニューを眺めていると、どこからか香ばしいチーズの焦げた匂いが漂ってきます。それは隣の席に座る買い物帰りらしい上品な婦人に運ばれてきたひと皿でした。その名前がわからなかった私は、注文をとりにやって来たウェイトレスに「あの方と同じものを」と思わず頼んでしまったほど、それはそれは美味しそうに見えたのです。そのひと皿を味わって以来、まさしくウェールズの人たちのように私もこのウェルシュ・ラビットの味に魅せられてしまったのでした。

チーズトーストといっても、ひと手間かけるところが美味しさの秘密でしょうか。

おろしたチーズに粉マスタード、コショウ、ビールを加えてあらかじめ溶かしたものを、トーストしたパンにのせてグリルで表面をこんがりと焦がすのです。ふつふつとチーズが音を立てているところをひと口ほおばれば、誰もがこの味のとりこになってしまうでしょう。

ウェルシュ・ラビットには酸味のあるチェダー・チーズを使うのが一般的。ウェールズの海をはさんで南に位置するサマーセットがその産地として有名です。

「バカおっしゃい。ブリッジには全然関係ないわ。いいこと、わたしはある女性と昨日〈スペードのエース〉でお昼を食べたのよ。チェルシーにある風変わりな地下の穴蔵みたいなお店なの。彼女の話だと、近くで夕方から大きな催しがあったりすると、あそこでベーコンエッグとかウェールズ風トースト（ビール入ピザトーストのようなもの）とか――そういうボヘミアン的なものを食べるのが流行りなんですって。衝立で囲ったボックス席もあるの。とても刺激的な場所、といえるわね」

訳・坂口玲子「キングを出し抜く」（『おしどり探偵』ハヤカワ文庫）より

ウエルシュ・ラビット

Welsh Rarebit

材料　(2人分)

チェダーチーズ……125g（おろす）
ビール（または牛乳）……大さじ3
バター……25g
マスタード粉……小さじ1
塩・コショウ……少々
パン……2切

作り方

1. パンはあらかじめ軽くトーストし、バター（分量外）を塗り、冷めないようにしておく。

2. 鍋にチーズ、ビールを混ぜ合わせ、弱火にかけてゆっくり溶かす。バター、マスタード粉、塩、コショウも加えてよく混ぜる。

3. トーストの上に手順2をのせ、上火のきくグリル、またはオーブントースターでチーズがぶくぶく泡立ち、きつね色になるまで焼く。

ウェールズの村、Defynnogにあるカフェ、「インターナショナル・ウェルシュラビット・センター」のウェルシュ・ラビット。ウェルシュ・アップル・チャツネが添えられる

ローマン・バスの遺跡があることで知られる町、バースにある老舗「サリー・ランズ」で出されるウェルシュ・ラビット。この店の名物、サリー・ランの丸いパンを横に切って作られているので、丸いウェルシュラビットになっている

「インターナショナル・ウェルシュラビット・センター」で味わったクリスマスの期間限定のウェルシュ・ラビット。スティルトン・チーズにローズマリーの緑、クランベリーの赤のクリスマスカラーのトッピングが楽しい

シェイクスピアが一九五七年に書いたとされている戯曲『ウィンザーの陽気な女房たち』でも「ウェールズ人はチーズが大好き」であることがたびたび描かれ、「ウェールズ流のあぶったチーズ」というセリフが登場する。

エヴァンス　そういうあなたも嫉妬（すっと）をお捨てにならなくては。

フォード　二度と妻を疑うようなことはしませんよ。あなたが訛りのない言葉で妻を口説くようになったら話は別ですが。

フォルスタッフ　俺は脳味噌をおてんとさまに当てて干からびさせちまったのかな。こんな子供だましの見え透いたいたずらを見抜く知恵にも欠けるとあっちゃ、ざまぁねえや。ウェールズのヤギにまで乗り回されてたとはな。ウールでできた阿呆帽でもかぶるとするか？　ウェールズ流のあぶったチーズで喉をつまらせ、息の根とめる潮時だな。

シェイクスピア／訳・松岡和子『シェイクスピア全集9　ウィンザーの陽気な女房たち』（ちくま文庫）より

Three Blind Mice

「三匹の盲目ねずみ」

手間いらずのソーダ・ブレッド

新婚早々の若い夫婦、モリーとジャイルズは、叔母が遺産として残してくれた大きな屋敷で下宿屋を開くことを思いつきます。ところがはじめての客がやってくる日に天気は雪模様に。

雪に閉ざされてしまったらまず心配なのが食料の調達です。私たちがお米がなくなったら生きていけないと心配になるように、パンが手に入らなくなっては一大事です。そんなときにモリーが思いつくのがソーダ・ブレッドです。

でも、ソーダ・ブレッドの作り方を知らなければ、パンを一度も作ったことのないモリーがなぜ自分でも作れると考えたのかもわからずに、読み過ごしてしまうことでしょう。

ここでいうソーダとは、バイカルボネイト・ソーダ（bicarbonate soda）またはベーキング・ソーダ（baking soda）と呼ばれるもので、訳せば重炭酸ソーダ、つまり重曹のこと。

本来ならパンというものはイーストを使って焼き上げるもので、こねたり、めんどうな発酵という作業も必要ですから時間もかかります。

ところがこのソーダ・ブレッドは、重曹を小麦粉に加えてバターミルク（日本ではヨーグル

「三匹の盲目ねずみ」
一九五〇年

おばが残してくれたマナーハウスでゲストハウスの経営をはじめたモリーとジャイルズの夫婦。その冬の寒い日は、最初の泊まり客が到着する予定になっていた。吹雪のなかやって来た宿泊客にせっせと食事を用意する夫婦のもとへ、雪で車が横転したという男が宿を求めてやってくる。さらに降り積もる雪に閉じ込められたゲストハウスへ、今度は警察から電話がかかり、思いもよらなかった殺人事件の捜査がはじまる。

トで代用）を混ぜてさっとまとめるだけですから、めんどうな手間もかからず、あっという間にできてしまうのです。形もただ生地を丸めて中央に十文字の切れ目をつけて焼くだけですから、成形の必要もありません。

　モリーがいっているように、このソーダ・ブレッドは北のアイルランドで今もなお作られ続けています。私もアイルランドを訪れたことがありますが、そのとき初めてこのソーダ・ブレッドを味わいました。ホテルの朝食でおなじみのトースト用の白いパンと、見慣れない黒っぽくて、きめの粗いソーダ・ブレッドのスライスとが並んで置いてあり、好きなほうを選べるようになっていたのです。

　トーストしても、そのままバターやマーマレードを塗って食べても、その味わいになんともいえぬコクがあって美味しいパンでした。

以来、なんとかこの味を再現できないものかと、イギリスで料理の本を買うたびにこのソーダ・ブレッドのレシピが載っているものを探しました。

　そうしていろいろなレシピで作ってみましたが、今、私の作るソーダ・ブレッドのレシピは『リッツホテルの朝食の本（London Ritz Book of Breakfasts）』に出ているものを参考にしています。このレシピがあのアイルランドの味に一番近いからです。

『リッツホテルの朝食の本』のソーダ・ブレッドの項目にはこう書かれています。

「作るのに二分、焼くのに四〇分、イーストも、技術も、待ち時間も必要なし。世界中で一番簡単で、一番早く作れるパンです。焼きたてでも、冷めても美味しいけれど、焼いてから二日以内に食べるのがベスト」と。

　北極探検家のような恰好でやってきたパン屋は注文のパンを届けたあと、次の配達は二日以内になるはずだが、こられないかもしれないと警告した。

「そこらじゅう道路が封鎖されているんですよ。たくわえはたっぷりあるんでしょうね？」

「ええ、あるわ」モリーはいった。「缶詰がたくさんあるの。でも、余分に小麦粉をもらっておいたほうがよさそうね」

　アイルランド人の作るソーダブレッドとかいうものが、ぼんやり頭に浮かんだ。万一の場合にはそれを作ればいい。

訳・宇佐川晶子「三匹の盲目ねずみ」（『愛の探偵たち』ハヤワカ文庫）より

Recipe

ソーダ・ブレッド

Soda Bread

材料（2個分）

全粒粉……450g
強力粉……170g
オートミール……50g（細かく砕く）
重曹……小さじ1½
塩……ひとつまみ
牛乳……300cc
プレーンヨーグルト……300cc

作り方

1. ボウルに全粒粉、強力粉、オートミール、重曹、塩を合わせてふるい入れる。

2. 牛乳とプレーンヨーグルトをよく混ぜ合わせたものを手順1に加え、ボウルのなかでさっとこね、ひとまとめにする。

3. 2等分にしてそれぞれを丸くまとめて天板にのせ、ナイフで5cmくらいの長さに十文字の切り込みを入れる。

4. あらかじめ220℃に熱したオーブンの中段に入れ15分くらい焼いたら、ケーキ型などを上にかぶせてさらに15分焼く（皮がかたくなりすぎるのを防ぐため）。網にのせて冷ます。

大雪のため届かないパンの代わりにモリーが作ろうと考えるのが、イーストも発酵もいらない重曹で手軽に作れるソーダ・ブレッド

モリーはゲストハウスで産みたて卵の朝食を出す。イギリスでは白い殻の卵はほとんど売っていない。「Free Range」とパックに書かれているのは「放し飼いで育てられた鶏の卵」という意味

ゲストハウスの台所で大柄な料理女がリズミカルにあごを動かしながら食べるのはロックケーキ。クリスティーの自伝でも、幼い頃の思い出としてロックケーキを食べる巨大な料理女ジェーンが出てくる

RHS（王立園芸協会）の庭園、Wisley（ウィズリー）のカフェに並んでいたロックケーキ

あごがいつもリズミカルに動いていたのは、たえず彼女が何か食べていたからだが――パイのかけらとか、できたてのスコーンとか、ロックケーキとか――ちょうど大きなおとなしい牝牛が綿々と反芻しているようだった。

（略）

台所のお茶の時間はしばしば親睦会になった。ジェーンには無数の友だちがあって、ほとんど毎日のようにその中の一人か二人が立ち寄った。熱いロックケーキがいく盆もオーブンから出された。わたしはあのころ以来、ジェーンがこしらえてくれたロックケーキのようないい味のものを味わったことがない。かりかりしていて乾ブドウがいっぱい、熱いうちに食べれば最高。

訳・乾信一郎『アガサ・クリスティー自伝（上）』（ハヤカワ文庫）より

The Adventure of the Christmas Pudding

「クリスマス・プディングの冒険」

クリスマス・プディングの習わし

銀ボタンが当たったポアロ——長年独身で過ごしてきた彼にはこの〝独身者用のボタン〟がぴったりだったわけですが、これはクリスマスの食事での一場面、クリスマス・プディングを囲んで盛り上がっているところです。なにしろこのプディングには複数のおまじないが入っていて、自分に切り分けられたひと切れにそのなかのどれが入っているのか誰もが興味津々なのですから無理もありません。指輪は近い将来に結婚できること、金貨は文字どおり金持ちになること、ボタンと指ぬきは一生独身のまま過ごすことを予言するのです。

クリスマス・プディングとは、様々なドライフルーツ、牛のケンネ脂を刻んだものなどを混ぜ合わせて一か月熟成させ、陶製のプディング型に入れてクリスマス当日にゆで上げるお菓子。中世にさかのぼる古い歴史を秘めています。そもそもはレーズンやプラム、スパイス、ワインを入れて牛のすね肉を煮込み、パン粉でつないだものでした。「プラム・プディングには手をつけないこと」とポアロへの警告文にあるように、プラムは昔はレーズンなどのドライフルーツを総称する言葉であったことからプラム・プディングとも呼ばれます。アルバート公が好んでクリスマスに食べたことからクリスマス・プディングの名が付きました。

「クリスマス・プディングの冒険」
一九六〇年

ポアロはクリスマスに由緒ある田舎の邸宅に行って、あるものを取り返すことを依頼される。それはある国の王子が婚約者のために新しい装いを施した家宝のルビーであった。身内だけのクリスマスの集まりに参加したポアロは和やかな時間を送っていたが、クリスマス用に準備されていたプディングの型が割れる事件が起き、代わりに用意されたプディングから驚くべきものが発見される！

このミステリーでポアロが過ごしたレイシイ家のクリスマスのように、私も娘のようにお世話になったクック家で、イギリスのクリスマスを迎えたことがあります。それは思ったより静かなものでした。家族だけでひっそりと祝うのです。ロンドンでは地下鉄も止まり、若者たちも両親の元へと帰ります。いってみれば日本のお正月の趣です。そしてこのクリスマスのメニューがまさしくおせち料理のように決まっているのです。シーズンを迎えるカキのスープ、七面鳥のロースト、クリスマス・プディングが決まって食卓にのぼります。クック家でも朝から大きな七面鳥が天火で焼かれ、台所いっぱいに香ばしい匂いがたち込めていましたっけ。ただし七面鳥のおなかに詰めるスタッフィングだけはその家の秘伝があるので様々です。クック家では栗のペースト、ソーセージミート、パン粉、タイムを混ぜたものと決まっていました。偶然にもレイシイ家の料理人、ロスおばさんも七面鳥に栗の詰め物をしていたのはうれしい発見でした。残念ながら、クック家のクリスマス・プディングは贈られたフォートナム&メイソン製でしたが、ロスおばさんは「店から買ったプディングなんかは、自家製のクリスマス・プディングとは比較にもなりませんよ」と語り、家族全員が台所に集まってプディングの材料を混ぜる様子が描かれています。材料をかき混ぜながら願いごとをするとかなう、という古くからの習わしを守っているのです。

ちなみにこのクリスマス・プディングを混ぜる日のことをスター・アップ・サンデー（Stir-up Sunday）と呼び、十二月二五日のクリスマスの日から数えて五週前の日曜日と定められています。願い事を唱えながらプディングの材料を混ぜるために回す方向は必ず東から西へで、東方の三賢者がキリストの誕生を祝うために西へ向かって歩いたことを意味しています。


「わたしには指ぬきがあたったわ」とブリジェットがなさけなさそうな声を出した。

「ブリジェットはオールド・ミスになるぞ。わーい、ブリジェットはオールド・ミスになるぞ」と二人の少年ははやしたてた。

「貨幣はだれにあたったのかなあ？」とデヴィッドが訊いた。

「このプディングには、ほんものの十シリング金貨がはいっていたんだぜ。ロスおばさんがそう言ってたから、ぼくは知っているんだ」

「どうやら、ぼくが幸運児らしい」とデズモンド・リーウォートリイが言った。


訳・橋本福男「クリスマス・プディングの冒険」（『クリスマス・プディングの冒険』ハヤカワ文庫）より

12月に入るとイギリスではあちらこちらでツリー用のもみの木が売られる。フレッシュなモミの木の香りが家中に漂う

キングス・レイシイの屋敷を思わせる、アッシュダウン・パーク・ホテルのツリーと暖炉

西洋ヒイラギにはクリスマスの季節が近づくと赤い実が成る。葉のとげは茨、赤い実はキリストの血を表わすともいう

キングス・レイシイの夫人は、昔風のクリスマスに並ぶごちそうを思い浮かべ、「まるでフォートナム＆メイスンのカタログみたいですわね」という。写真はフォートナム＆メイソンの食材売り場のアーモンド。ナッツはクリスマスに欠かせない

ウェールズの家庭で味わったクリスマス・プディング。炎をともし、歌とともに食卓に運ばれる

バースのクリスマスマーケット

クリスマスプディング

たっぷりのドライフルーツやスパイス、おまじないの6ペンス銀貨が入っている
クリスマス・プディング。レシピは224ページへ

Recipe

クリスマス・プディング

Christmas Pudding

材料　（600cc入るプディング型または同容量のボウル＋プリン型3個程度）

無塩バター
　……75g（冷凍しておいたものをおろし金でおろす）
薄力粉……40g
ベーキングパウダー……小さじ1/8
食パン……75g（手で細かくちぎる）
ミックススパイス（またはシナモン）
　……小さじ1
ナツメグ……少々
ダーク・ブラウンシュガー（粒状玉糖）
　……175g
ソルタナ……75g
レーズン……75g
カレント……75g
プルーン（種抜き）……75g
クランベリー……30g
レモンピールとオレンジピール
　……合わせて20g
クルミ……20g
リンゴ
　……150g（皮をむき細かく刻む）
黒ビール……90cc
ラム酒……90cc
卵……2個

作り方

1. 大きめのボウルにすりおろしたバター、ふるった薄力粉、食パン、スパイス類、砂糖を加えてよく混ぜたところに、レーズンなどのドライフルーツ類（レーズンは熱湯をかけてコーティングした油を取り除くとよい）、クルミ、ピール類を加え、さらに刻んだリンゴも加えてよく混ぜる。

2. 小さめのボウルにラム酒、黒ビール、卵を加えてよく混ぜ、手順1に加える。

3. ラップ材をかけて冷蔵庫に入れてひと晩寝かせる。

4. プディング型にやわらかくしたバターを塗り、底には取り出しやすいようにベーキングシートを敷く。このなかに手順3を入れる。ここでチャームといわれるものを入れるのが伝統だが、今は銀の硬貨1枚を加え、それが当たった人は翌年にいいことがあるというお楽しみを入れる。プディングが膨らんだときのためにアルミホイルを余裕を持ってかぶせ、裏面にバターを塗る。これをプディング型の上にのせて、周りをひもで縛る（水蒸気が入らないようにするためだが、心配な場合は、アルミホイルの下にベーキングシートでさらにふたをする）。

5. あらかじめ蒸気の上がった蒸し器に入れ、湯を足しながら弱火で2時間程かけて蒸し上げる。蒸し上げたプディングはふたを外して、型から取り出す。

「世の中には信じられないようなことがいくらでもあるものですよ」「ことに朝食の前にはね、そうでしょう？　あなたのお国の古典にも出ている。朝食前に六つの不可能なこと」雪のなかで倒れている女の子、ブリジェットを見たポアロは、その驚きをこう語ります。「朝食前に六つの不可能なこと」（Six impossible things before breakfast）の六つのこととは何を指すのか、実はそれがなかなかわかりませんでした。イギリスで友人に聞いてもわかりません。ポアロがいうところの「あなたのお国の古典」がルイス・キャロル著の『鏡の国のアリス』ということがわかると、その謎は解けていきました。

その五章「ウールと水」にはアリスと会話するクイーンの言葉のなかに「そう、朝ごはん前に、ありえないことを六つも信じたことだってあります。」（Sometimes I've believed as many as six impossible things before breakfast.）と書かれているのです。つまり、朝ごはん前の短い時間などに、六つのありえないことなどできるわけではないということから、「努力さえ惜しまなければ、叶えられないことはなにもない」という意味になるのです。クリスティーは自伝のなかで、子供時代、家にあった子供向きの本棚には『不思議の国のアリス』や『鏡の国のアリス』があったこと、手当たり次第に本を読んでいたことに触れています。文中の表現を自分の作品に生かすとは、アリスの物語を好み、熱心に読んだことの証でしょう。この「朝食前の六つのありえないこと」は、『七つの時計』、『殺人は容易だ』、『運命の裏木戸』といった作品にも使っているところを見ると、クリスティーのよほど気に入っていたたいい回しだったのかもしれません。

「この女の子が――なんという名前だったかな――ブリジェットか――殺されたとおっしゃるんですか？」とデズモンドは言った。「こんな女の子を殺したがる者がいたりしますかね？信じられない話だ！」

「世のなかには信じられないようなことがいくらでもあるものですよ」とポアロは言った。「ことに、朝食の前にはね、そうでしょう？　あなたのお国の古典にも出ている。朝食前に六つの不可能なこと」ついで彼はみんなに向かって言った。「どなたもここで待っていてくださいよ」

訳・橋本福男「クリスマス・プディングの冒険」（『クリスマス・プディングの冒険』ハヤカワ文庫）より

キングス・レイシイの屋敷でクリスマス・プディングの後にふるまわれるのがミンス・パイ

ウェールズのビアータさん一家と過ごしたクリスマス。オーブンから出したばかりの大きな七面鳥のロースト

フォートナム＆メイソンで売られていたプディング型

クリスマス・プディングを売るマーケットの屋台。クリスティーの『殺人は容易だ』では、東洋の植民地から帰って来た元警官のルークがロンドンへ向かう列車のなかでイギリスならではの土着性を象徴するものとして「クリスマスの日のプラム・プディング」を挙げる

クリスマス・プディング

クリスマス・プディングは作ってすぐにいただくこともできますが、イギリスの風習では、クリスマスの5週前（Stir-up Sunday　スターアップ・サンデー）に作ります。蒸したプディングを完全に冷まし、ラップ材に包み、冷蔵庫で1ヶ月ほどクリスマスまで熟成させます。

クリスマス当日、再び型に戻し、あらかじめ蒸気の上がった蒸し器で1時間ほど温めます。ヒイラギを飾り、温めたブランデーをかけて炎を灯してからいただきます。

切り分けたプディングには、バターにブランデーと砂糖を加えて練ったブランデーバターを添えていただくのが伝統的な食べ方ですが、かなり重たいので、現代ではアイスクリームや生クリームにラム酒やブランデーを加えて泡立てたものを添えていただくことも多いです。

この短編の最後の素敵な場面に登場するヤドリギ（ミスルトー）

ポアロをキングス・レイシイの屋敷に紹介したエドウィナは、毎年のクリスマスをロンドンの名門ホテル、クラリッジスで過ごす。クリスマスを家で家族が集まって祝うのではなく、都会のホテルで祝う人も多い

デヴォンにあるバックランド・アビーのチューダー・キッチンで焼かれたミンス・パイ。これはミンス・パイの起源ともいえるもので、飼い葉おけを表すパイのなかにはミンスミート、上には幼子イエスが飾られている

ビクトリア時代の服装でクリスマス・キャロルを歌い、募金を集める人々

クリスマス・プディングに入れていた古い六ペンス銀貨

昔はクリスマスの翌日、ボクシング・デーにキツネ狩りが行なわれていた

さくいん

北野佐久子（きたの・さくこ）

東京都出身。立教大学英米文学科卒。

在学中から児童文学とハーブに関心を持ち、日本人初の英国ハーブソサエティーの会員となり、研究のため渡英。結婚後は、4年間をウィンブルドンで過ごす。

児童文学、ハーブ、お菓子などを中心にイギリス文化を紹介している。

英国ハーブソサエティー終身会員、ビアトリクス・ポター・ソサエティー会員。

主な著書に『物語のティータイム　お菓子と暮らしとイギリス児童文学』（岩波書店）、『ビアトリクス・ポターを訪ねるイギリス湖水地方の旅』（大修館書店）、『ハーブ祝祭暦』（教文館）、『イギリスのお菓子　楽しいティータイムめぐり』『美しいイギリスの田舎を歩く！』（ともに集英社 be文庫）、編書に『基本　ハーブの事典』（東京堂出版）など。

カバー・レシピ写真：川しまゆうこ
本文写真：北野佐久子
写真協力：
（帯）Mirrorpix／アフロ
（p46）Mary Evans Picture Library／アフロ
デザイン：平塚兼右／平塚恵美（PiDEZA Inc.）
本文組版：新井良子／矢口なな（PiDEZA Inc.）

本書は1998年に婦人画報社から出版された『アガサ・クリスティーの食卓』を大幅に加筆・修正・改題し刊行したものです。

イギリスのお菓子《かし》とごちそう
アガサ・クリスティーの食卓《しょくたく》

著　　者　北野佐久子《きたのさくこ》
発 行 所　株式会社 二見書房
東京都千代田区神田三崎町2-18-11
電話　03（3515）2311［営業］
03（3515）2313［編集］
振替　00170-4-2639
印刷・製本　図書印刷株式会社

落丁・乱丁本はお取り替えいたします。

定価は、カバーに表示してあります。


ISBN978-4-576-19031-0